Gudrun Lochte
Sommer am Pont du Gard

AF178909

Gudrun Lochte

lebt mit ihrem Mann in einer kleinen Gemeinde in Nie-
dersachsen. Ihre Reisen gingen bisher überwiegend nach
Frankreich, insbesondere nach Südfrankreich. Dabei hat
es ihr die Gegend um den Pont du Gard besonders angetan. *Sommer am Pont du Gard* ist ihr erster Roman.

Gudrun Lochte

Sommer am Pont du Gard

Die Geschichte und ihre Personen sind rein fiktiv. Die Örtlichkeiten können, müssen aber nicht existieren. Die, die real sind, wurden von der Autorin wegen der Liebe zu Frankreich in diesen Roman aufgenommen.

Copyright: © 2023 Gudrun Lochte
www.gudrun-lochte-autorenseite.de

Neuerscheinung
Vorgängerausgabe 2021

Verlag, Druck und Distribution im Auftrag des Autors:
tredition GmbH
An der Strusbek 10
22926 Ahrensburg/Germany

Paperback: ISBN 978-3-347-90147-6
e-Book: ISBN 978-3-347-90152-0

Lektorat: Larissa Müller, Lektorat "Zeilenschmuck"
Layout und Satz: Stefanie Scheurich
Buchcover: Ria Raven Coverdesign

Eins

Der Radiowecker sprang an und spielte ein Lied zum Gute-Laune-Bekommen. Sonnenstrahlen bahnten sich ihren Weg durch die nicht vollständig geschlossenen Gardinen und malten Muster auf die Tapete. Christina öffnete vorsichtig die Augen und blinzelte in Richtung Fenster. Schnell bedeckte sie ihr Gesicht mit dem rechten Arm, das Licht tat ihren Augen weh. Mit der linken Hand tastete sie nach dem Lautstärkeregler. Um diese Zeit hielt sich ihre gute Laune in Grenzen. Die ersten Geräusche des Tages drangen von der Straße durch das gekippte Fenster und die quietschenden Bremsen der Straßenbahn verursachten ihr beinahe Zahnschmerzen. Am liebsten würde sie sich die Decke über den Kopf ziehen und im Bett bleiben.

„Lasst mich doch alle in Ruhe", murmelte sie und drehte sich auf die andere Seite. „Bitte nur noch fünf Minuten."

Der Radiomoderator gab ein paar flotte Sprüche zum Besten, spielte das nächste Lied und die Zeit war ruck-zuck um.

Langsam kroch sie unter der Decke hervor und blieb einen Moment auf der Bettkante sitzen. Christina hatte das Gefühl, als ob Zentnerlasten an ihrem Körper hingen, wie ein schwerer Rucksack, der auf ihren Schultern hing. Barfuß schlurfte sie ins Bad. Aus dem Spiegel schaute ihr ein graues, müdes Gesicht mit trüben Augen und stumpfen kraftlosen Haaren entgegen. Die lustige Micky Mouse auf ihrem T-Shirt entlockte ihr kein Lächeln. Sie stützte sich mit den Armen auf dem Waschbecken ab, streckte ihrem Spiegelbild die Zunge heraus und senkte den Kopf. Nach einem kurzen Augenblick entfuhr ihr ein Seufzer. Sie zog sich aus und ließ das Nachtzeug mitten im Badezimmer fallen. Unter der Dusche lief ihr das warme Wasser über Gesicht und Körper. Sie stand einfach nur da. Die Arme hingen schlaff herunter, als gehörten sie nicht zu ihr. Zum Schluss drehte sie den Kaltwasserhahn auf, in der Hoffnung, ihre Lebensgeister zu wecken. Das flaue Gefühl in der Magengegend blieb. Sie beendete ihre Morgentoilette, föhnte ihre Haare und legte ein wenig Make-up auf. Wahllos griff sie in den Kleiderschrank und zog eine weiße Hose und ein geblümtes Oberteil an. Ihr Frühstück nahm sie in der Küche im Stehen ein, obwohl man es eigentlich nicht als solches bezeichnen konnte. Sie biss nur zweimal von ihrem Brötchen ab und beim ersten Schluck Kaffee verzog sie das Gesicht. Er schmeckte schal und bitter. Den Rest schüttete sie angewidert in das Spülbecken.

Seit einigen Wochen litt sie unter Herzrasen, Schwindel, Übelkeit und Kopfschmerzen. Alles wechselte sich in schöner Regelmäßigkeit ab. Solange jedes für sich auftrat, hatte sie versucht, es zu ignorieren oder mit Hausmitteln zu behandeln, in der Erwartung, dass es irgendwann wieder verschwand. Da aber alles nichts half, hatte sie doch irgendwann eine Ärztin aufgesucht. Nach einer gründlichen Untersuchung, die kein Ergebnis brachte, hatte die Ärztin versucht, ihren Beschwerden anders auf den Grund zu gehen. „Haben Sie Stress bei der Arbeit? Gibt es Probleme, beruflich oder privat?"

Probleme? Eigentlich nicht. Stress? Nun ja, mehr oder weniger. Wann hatte sie das letzte Mal Urlaub genommen? Es war eine gefühlte Ewigkeit her.

Im Flur schlüpfte sie in ihre Schuhe, griff nach ihrer Handtasche und dem Schlüsselbund, der auf dem kleinen Regal neben dem Spiegel lag, und verließ die Wohnung.

Sie hatte sich vorgenommen, an diesem Morgen endlich mit Tom, ihrem Chef, zu sprechen. Sie musste ihm irgendwie beibringen, dass sie jetzt genau zu diesem Zeitpunkt Urlaub brauchte.

Nachdem sie sich von ihrem Freund Marcus getrennt hatte, war sie nach Frankfurt gezogen, um hier eine neue Stelle anzutreten und auch ein neues Leben anzufangen. Marcus und sie waren zwei Jahre zusammen gewesen. Sie hatten sich auf einer Party kennengelernt. Er war charmant, gut aussehend und nahm das Leben so leicht. Mit seinem jungenhaften Lächeln kam er überall durch. Alle fanden in sympathisch und überall stand er im Mittelpunkt, für Marcus war das Leben ein Spiel. Abends waren sie unterwegs und trafen sich mit Freunden, meistens mit seinen. Christina hatte von jeher nicht viele. Ihre Eltern fanden ihn nett, doch sie merkte, dass sie sich ihren zukünftigen Schwiegersohn anders vorgestellt hatten. Das Studium hatte Marcus schon mit zwei Semestern überzogen und ein Ende war noch lange nicht in Sicht. Die wenigsten Semesterarbeiten schrieb er mit, was ihn nicht kümmerte. Seine Eltern bezahlten ihm alles, die Wohnung, das Auto, Reisen – Geld spielte keine Rolle. Am Anfang fühlte sich Christina von seiner Leichtigkeit mitgezogen. Jeden Abend gingen sie tanzen und am Wochenende nahmen sie das Boot seiner Eltern und fuhren damit hinaus. Aber das Leben bestand nicht nur aus Partys und guter Laune. Wie sollte sie arbeiten, wenn sie nächtelang durchtanzte? Immer öfter gerieten sie aneinander, weil Marcus das nicht einsah. Es endete damit, dass er sich umdrehte und ging. Auf ihre Anrufe reagierte er nicht.

An einem trüben regnerischen Vormittag, an dem das Wetter keine gute Laune aufkommen ließ, hatte Christina sich mit einer Kollegin in einem Café zu einer Besprechung getroffen. Da hatte sie Marcus mit einer blonden jungen Frau Arm in Arm auf der anderen Straßenseite gesehen. Auch wenn der Regen, der an der Fensterscheibe herunterlief, die Sicht behinderte, erkannte Christina ihn sofort. Sie schluckte und schaute schnell weg. Um sicherzugehen, sah sie noch einmal hin. Die junge Frau schmachtete den Mann an ihrer Seite an. Es war Marcus, gar keine Frage. Bei nächster Gelegenheit sprach Christina ihn darauf an. Er reagierte auf Anhieb und verteidigte sich lautstark. Am Ende machte er ihr sogar Vorwürfe, dass sie ihm hinterherspioniere. In dem Moment war es zu viel für sie und sie hatte das Gespräch beendet.

Tage vergingen ohne ein Wort von Marcus. Wie immer, wenn etwas nicht nach seiner Nase ging. Wie ein kleiner, bockiger Junge. Zwei Wochen später hatte Christina endgültig genug. Sie bestand auf ein klärendes Gespräch und beendete die Beziehung. Beleidigt, aber ohne viel Aufhebens drehte er sich um und verschwand. Seine Sachen holte er aus der Wohnung, als sie bei der Arbeit war. Eines Abends, als sie nach Hause kam, lag sein Wohnungsschlüssel auf dem Regal im Flur. Das war es dann also. Sich verkriechen und sich wie ein verletztes Tier die Wunden zu lecken, das kam für sie nicht infrage. Sie atmete einmal tief durch, auch wenn es wehtat, und ging dann zur Tagesordnung über.

Da kam ihr die Stellenanzeige, die sie zufällig ein paar Tage später in der Zeitung entdeckte, gerade recht. Ein Verlag in Frankfurt suchte eine neue Mitarbeiterin. War das ein Zeichen? Eine Veränderung würde ihr bestimmt guttun. Sie bewarb sich auf die Stelle und wurde zum Vorstellungsgespräch eingeladen. Eine Woche später erhielt sie die Zusage.

Wie jeden Morgen herrschte in der Frankfurter Innenstadt ein Verkehrschaos. Ständig wurde gehupt, einige Fahrer meinten, dass sie ein Anrecht auf ihre Fahrspur hätten, und Fahrradfahrer schlängelten sich durch die Reihen. Sie hatte jede Rotphase an den Ampeln erwischt. Wie konnte es auch anders sein?

Christina merkte, wie die Kopfschmerzen anfingen

und ihre Schultern sich langsam verkrampften. Sie öffne-te das Seitenfenster, um frische Luft hereinzulassen, und veränderte ihre Sitzhaltung in der Hoffnung, das es bes-ser wurde. Mit dem Bus wäre sie schneller und stress-freier zur Arbeit gekommen.

Endlich hatte sie ihren Parkplatz in der Tiefgarage des großen Bürogebäudes erreicht. Bevor sie ausstieg, schau-te sie noch einmal in den Rückspiegel. Ihr Make-up hatte die Schatten unter den Augen nicht gut abgedeckt, aber das war ihr egal.

Sie fuhr mit dem Fahrstuhl in die zehnte Etage. Die Türen öffneten sich lautlos und schon hörte sie die Tele-fone klingeln. Am Empfang schaute Monika von ihrem Schreibtisch nur kurz hoch und nickte ihr mit einem Lä-cheln zu. Im gleichen Moment tat sich am Ende des Flurs eine Tür auf und Tom kam ihr mit großen schnellen Schritten entgegen. Bevor er ihr entwischen konnte, sprach Christina ihn an. „Tom, hast du eine Minute für mich?"

Ohne stehen zu bleiben, drehte er sich zu ihr um. „Chrissi, gerade ist es schlecht. Sagen wir so in zwei Stunden? Bei mir im Büro?" Er zuckte bedauernd mit den Schultern. Dabei wehte sein offenes, zerknittertes Leinenjackett hinter ihm her und seine Haare standen vom Kopf ab, als ob er in eine Steckdose gefasst hätte. Ehe sie antworten konnte, verschwand er um die Ecke.

Christina betrat ihr Büro und schloss die Tür hinter sich. Sie trat ans Fenster und schaute eine Weile über das Häusermeer. Dunkle Wolken zogen am Himmel auf, es sah nach Regen aus. Die letzten Tage waren sehr heiß, da würde eine Abkühlung guttun.

Zu den Kopfschmerzen kam nun wieder die Übelkeit hinzu. Sie schloss die Augen. Durch ihre Bürotür drang leise das geschäftige Treiben, Telefone klingelten ununterbrochen, Türen klappten und irgendjemand hastete immer von einem Zimmer ins andere.

Sie setzte sich in ihren Schreibtischsessel und nahm den Terminkalender. Heute stand lediglich ein Treffen mit Tom und einigen Lektoren für zwölf Uhr drin. Ihr blieb genug Zeit zu überlegen, wie sich ihre Arbeit bei ihrer Abwesenheit aufteilen ließ. Christina hatte vor, Tom eine vernünftige und praktikable Lösung zu präsentieren. Sie hoffte, dass er dann schneller mit ihrem Urlaub einverstanden war. Vom ersten Tag an hatte Tom ihr vertraut und nach und nach mehr Verantwortung übertragen. Ihr war es recht, denn zu Hause wartete niemand auf sie.

Ihre Hoffnung war gewesen, dass in Frankfurt alles besser werden würde. Ihrer Mutter fiel es nicht leicht, sie ziehen zu lassen. Sie hatte versucht, sie zum Bleiben zu überreden. Als einziges Kind hätte sie ihre Tochter gern in ihrer Nähe behalten, aber Christina brauchte Abstand. Deshalb hatte sie sich in ihre neue Arbeit gestürzt und alles andere um sich herum ausgeblendet. Private Kontakte hatte sie bis heute nicht. Selten, dass sie mal mit Kollegen in die Mittagspause oder nach Feierabend etwas trinken ging.

Bei den Telefonaten mit ihrer Mutter merkte sie, dass sie sich sorgte, doch Christina beschwichtigte sie immer. „Es ist alles in Ordnung", beteuerte sie. Von wegen – sie musste sich endlich eingestehen, dass nichts in Ordnung war.

Vor einigen Wochen in der Mittagspause, als sie sich etwas zu essen holte, hatte sie auf einmal das Gefühl, keine Luft zu bekommen. Sie setzte sich auf die Mauereinfassung eines Blumenbeetes in der Fußgängerzone und wartete, dass es besser wurde. Die Menschen hasteten an ihr vorbei, keiner achtete auf sie. Nur ein junges Mädchen mit knallroten Haaren blieb stehen, bückte sich besorgt zu Christina hinunter und fragte, ob sie ihr helfen könne.

„Das ist sehr freundlich von Ihnen, es wird gleich wieder besser", sagte sie und rang sich ein winziges Lächeln ab.

Das Mädchen nickte, schaute sie einen Moment unschlüssig an und setzte ihren Weg zögerlich fort. Nach und nach wurde es tatsächlich besser. Sie erhob sich und der Hunger war vergangen.

Nach ihrer Rückkehr ließ sie sich erschöpft in ihren Schreibtischsessel sinken. An Arbeit war für heute nicht mehr zu denken. Diese Situation hatte den Ausschlag gegeben, ihre Beschwerden nicht weiter auf die leichte Schulter zu nehmen.

Ein Klopfen ließ Christina hochschrecken. Ohne eine Antwort abzuwarten, steckte Monika den Kopf durch die Tür. Sie schaute sie besorgt an.

„Alles in Ordnung?", erkundigte sie sich leise. „Dein Telefon ist nicht umgestellt. Tom hat angerufen. Er schafft es nicht pünktlich. Frühestens Viertel vor zwölf."

„Ja, danke, Monika."

„Ist wirklich alles in Ordnung?", vergewisserte sich die Kollegin noch einmal.

„Ich muss einfach mal raus hier."

„Kann ich verstehen. Seitdem du hier bist, hast du nicht einen Tag Urlaub genommen."

„Fragt sich nur, ob Tom das auch so sieht." Christina schaute Monika verloren an.

„Sei nicht böse, ich muss wieder nach vorn. Heute ist der Teufel los. Vergiss nicht, dein Telefon umzustellen." Sie zeigte auf den Apparat, nickte ihr zu und war draußen.

Monika war die Einzige, mit der Christina privat ein paar Worte wechselte, befreundet wäre zu viel gesagt und eigentlich wusste sie nichts von ihr. Beide hatten fast zur gleichen Zeit im Verlag angefangen und verstanden sich gut. Mit den anderen Kolleginnen und Kollegen sprach sie nur beruflich. Christina schaute auf die Uhr, sie musste unbedingt noch einiges erledigen.

Tom saß an seinem Schreibtisch und unterschrieb hastig die Briefe in der Unterschriftenmappe. Den ganzen Morgen hatte er in der Chefetage zugebracht. Gleich würde Christina kommen. Was sie so Dringendes zu besprechen hatte? In letzter Zeit gefiel sie ihm gar nicht. Sie war so blass und ernst. Vor drei Jahren war sie energiegeladen und hatte für jeden ein freundliches Lächeln übriggehabt. Ihm war von Anfang an klar, dass sie die Richtige war und in das Team passte. Ihre Art hatte es ihr leicht gemacht, schnell Fuß zu fassen. Davon war nichts geblieben. Er konnte sich keinen Reim darauf machen. Seine Frau würde sagen, dass er ein Einfühlungsvermögen wie eine Dampfwalze hätte.

Es klopfte, woraufhin Tom aufsprang und die Tür öffnete. „Chrissi, entschuldige meine Verspätung."

Sie setzte sich in einen Sessel in die Besucherecke und Tom nahm ihr gegenüber Platz. „Möchtest du einen Kaffee oder ein Glas Wasser?" Er zeigte auf das Tablett auf dem Tisch, aber Christina schüttelte den Kopf. „Was hast du auf dem Herzen?" Er lehnte sich in seinem Sessel zurück, schlug ein Bein über das andere und schaute sie abwartend an. „Ich hoffe, es ist nichts Ernstes." Sein Ton sollte locker klingen.

„Wie man es nimmt, Tom." Ihr Blick wanderte zu dem großen Bild mit den knallroten Mohnblumen an der Wand gegenüber. Bevor sie es sich anders überlegte, sprach sie schnell weiter. „Ich war letzte Woche bei meiner Ärztin und sie hat mir dringend geraten, kürzer zu treten und Urlaub zu machen."

„Christina, das verstehe ich, allerdings ist es ein ganz ungünstiger Zeitpunkt." Tom beugte sich vor, die Arme auf den Oberschenkeln. Mit beschwörender Stimme redete er auf sie ein. „Du weißt, um was es nachher in der Besprechung geht. Ich brauche dich!" Er überlegte kurz. „Sagen wir in ... sechs Wochen. Da sieht die Sache wieder anders aus."

„Das muss diesmal ohne mich stattfinden, Tom. Wer weiß, was in sechs Wochen ist. Es hat gedauert, aber mir ist klar geworden, dass ich so nicht weitermachen kann. Seitdem ich hier bin, habe ich keinen Urlaub genommen. Ich arbeite von morgens bis abends. Meine Wohnung sehe ich nur zum Schlafen."

Tom erhob sich und ging mit den Händen auf dem Rücken einmal um seinen Schreibtisch zum Fenster. Christina sah blass aus. Warum hatte er das nicht schon früher bemerkt? Da sie so darauf bestand, hatte das einen Grund. Es dauerte eine Weile, bis er sich durchringen konnte und antwortete.

„Also gut, vierzehn Tage", sagte er mit ruhiger Stimme.

„Nein, wenigstens vier Wochen!"

Ruckartig drehte er sich um. Bevor er antworten konnte, kam sie ihm zuvor.

„Es nützt dir doch nichts, wenn ich schlechte Arbeit abliefere." Sie schaute ihm fest in die Augen. Im gleichen Moment zog sie ein Blatt aus der Mappe und legte es auf den Tisch. „Ich habe hier notiert, wie es in den nächsten Wochen während meiner Abwesenheit laufen könnte. Teile mein Aufgabenfeld auf und übergib Kirsten und Moritz damit mehr Verantwortung. Die beiden können das, du wirst sehen."

Tom nahm das Blatt und überflog es. „Sehr gut. Du hast an alles gedacht."

„Dann bist du damit einverstanden?"

Er sah sie ernst an. „Wann möchtest du gehen?"

„Sofort!"

„Was?", kam es wie aus der Pistole geschossen. Nach kurzem Überlegen und einem Augenzwinkern zeigte er in Richtung Tür. „Verschwinde." Seine Stimme klang leise und besorgt.

Sie sprang auf und umarmte ihn. „Danke."

Als Christina aus dem Zimmer war, stand Tom nach wie vor erschrocken mitten im Raum. Mit allem hatte er gerechnet – mit mehr Gehalt, einem größeren Büro. Sie hätte es sogar bekommen. Aber das hatte er nicht erwartet. Er hatte nicht bemerkt, dass es ihr so schlecht ging.

Christina hatte recht, sie hatte wahnsinnig viel gearbeitet. Der Verlag war quasi ihr zweites Zuhause. Sie ging immer als eine der Letzten.

Seine Frau würde ihm den Kopf abreißen, dass er Christina nicht schon früher ausgebremst hatte. Die beiden hatten sich auf der Gartenparty zu seinem fünfzigsten Geburtstag kennengelernt und gleich gut verstanden. Jetzt fiel ihm ein, dass er Christina damals richtig überreden musste, zu kommen.

Tom schaute auf die Uhr und merkte, dass er schon fünf Minuten über der Zeit war. Rasch nahm er einen Stapel Unterlagen vom Schreibtisch und hastete zur nächsten Besprechung.

Geschafft! Es war doch nicht so schwierig gewesen, wie sie gedacht hatte. Auf Tom war Verlass. Bei all ihren bisherigen Entscheidungen stand er immer hinter ihr. Vor ihrem Gespräch hatte sie noch wichtige E-Mails beantwortet und ihren Schreibtisch aufgeräumt. Sie nahm ihre Sachen und schloss die Tür hinter sich.

Monika legte am Empfang gerade den Telefonhörer auf. „Na, wie ist es gelaufen?" Sie schob die Brille auf ihre schwarzen Locken und sah Christina erwartungsvoll an.

„Ich habe vier Wochen Urlaub." Ihre Stimme klang erleichtert.

Als sie am Fahrstuhl stand, konnte sie sich nicht erinnern, wann sie jemals um diese Uhrzeit nach Hause gefahren war.

Zwei

Dreimal fuhr sie um den Block, ehe sie endlich einen Parkplatz gefunden hatte. In dem alten Frankfurter Stadtteil war das gar nicht so einfach. Vor drei Jahren war sie froh gewesen, dass sie diese bezahlbare Wohnung hier bekommen hatte.

Als Christina die Wohnungstür aufschloss, empfing sie eine beruhigende und wohltuende Stille. So kannte sie ihre vier Wände um diese Uhrzeit an einem normalen Arbeitstag nicht. Ihre Jacke hängte sie an einen Garderobenhaken und die Tasche stellte sie auf das kleine Schränkchen neben der Eingangstür.

Im Wohnzimmer öffnete sie die Balkontür weit. Mit geschlossenen Augen atmete sie tief ein. Der Regen hatte die brütend heiße Luft, die tagelang zwischen den Häusern stand, abkühlen lassen.

Was nun? Sollte sie ins Reisebüro gehen oder im Internet ein Reiseziel suchen? Ob es in Deutschland oder irgendwo in Europa sein sollte, darüber hatte sie sich noch keine Gedanken gemacht. Auf irgendwelche Touristenangebote hatte sie überhaupt keine Lust. Mit ihren

Eltern war sie als Kind oft auf eine dänische Insel in ein kleines Ferienhaus gefahren. Sie hatte es als Kind geliebt, unbeschwert bei Wind und Wetter am Strand zu spielen und Muscheln zu sammeln.

Da fiel ihr ein, dass sie als Erstes ihre Mutter anrufen musste. Sie war bestimmt in der Galerie. Es klingelte ein paar Mal, bis sie sich meldete.

„Hallo, Mama."

„Christina, um diese Uhrzeit. Ist alles in Ordnung?" Ihre Stimme klang besorgt.

„Ja, mach dir keine Sorgen. Ich habe mir vier Wochen Urlaub genommen."

Christina hörte, wie ihre Mutter am anderen Ende erleichtert aufatmete. „Gott sei Dank. Es wird aber auch Zeit!"

„Du hast ja recht." Sie verzog das Gesicht. Mütter.

„Komm doch nach Hause. Hier kannst du im Garten faulenzen oder an der Elbe spazieren gehen."

Christina lächelte. Ihre Mutter hätte sie gern mal wieder ein paar Tage oder gar Wochen zu Hause, um sie zu bemuttern und zu verwöhnen. Viel zu selten hatte sie sich in den letzten drei Jahren bei ihren Eltern blicken lassen.

„Das ist lieb, Mama, ich überlege es mir. Grüß Papa von mir. Ich melde mich wieder."

Sie trat auf den Balkon und schaute hinunter auf die Straße. Eine Mutter mit einem blond gelockten Jungen an der Hand ging unten vorbei. An der Kreuzung befand sich ein kleines Bistro. Sie hatte bis jetzt noch keine Gelegenheit, dort einen Kaffee zu trinken. Warum nicht heute, immerhin war es ihr erster richtiger Urlaubstag.

Eine junge Frau wischte Tische und Stühle trocken. Christina suchte sich einen Platz mit Blick auf das Geschehen auf der Straße. Es war ein schönes altes Viertel mit Häusern aus der Gründerzeit. Die Verzierungen an den Fassaden gefielen ihr besonders. Die Gebäude wurden in den letzten Jahren aufwendig renoviert und dementsprechend waren die Mieten gestiegen. Freie bezahlbare Wohnungen gab es in Frankfurt nicht wie Sand am Meer. Christina griff zur Karte.

„Was darf ich Ihnen bringen?" Die junge Frau hatte ihre langen braunen Haare zu einem Pferdeschwanz zusammengenommen und trug zerschlissene Jeans und ein weißes Shirt.

„Bitte bringen Sie mir einen großen Cappuccino und ein Schinkensandwich."

Wieder allein legte sie ihren Kopf zurück und schaute zum Himmel. Kleine weiße Schäfchenwolken zogen vorbei, während die Sonnenstrahlen ihr Gesicht wärmten. Einfach mal nichts tun, vor allem an nichts denken. In den letzten Wochen fuhren ihre Gedanken Karussell, nahmen von Zeit zu Zeit eine atemberaubende Geschwindigkeit auf und es kam nichts dabei heraus. Immer die gleiche Gedankenschleife, was dazu führte, dass sie unkonzentriert war und sich Fehler einschlichen, die sie zum Glück früh genug bemerkte.

Die Bedienung kam und stellte den Cappuccino und das Sandwich auf den Tisch. „Guten Appetit."

„Entschuldigen Sie, darf ich Sie etwas fragen?" Die junge Frau war im Begriff zu gehen, blieb jedoch mit erwartungsvollem Gesichtsausdruck stehen. „Wenn Sie plötzlich in Urlaub fahren könnten, wo würden Sie hinfahren?"

„Das wäre zu schön, um wahr zu sein. Da muss ich gar nicht lange überlegen: Ich liebe Südfrankreich. Und wenn sie Land und Leute kennenlernen möchten, dann nehmen Sie sich eine Wohnung oder ein kleines Häuschen. Kein Hotel, das ist zu unpersönlich."

„Das hört sich fantastisch an."

„Es würde Ihnen sicher gefallen."

Christina war wieder allein und genoss ihren Cappuccino und die Weißbrotscheiben, die dick mit Schinken, Tomaten und Käse belegt waren.

Südfrankreich – savoir vivre. Die Worte zergingen förmlich auf ihrer Zunge. Sie spürte die Sonne auf der Haut und hatte den Duft von Lavendel in der Nase. Die Leichtigkeit des Südens erleben. Ihr Bauchgefühl sagte ihr, dass das genau das Richtige war.

Zurück in ihrer Wohnung setzte sie sich mit ihrem Laptop auf den Balkon. Unten in dem kleinen Bistro an der Ecke bediente die junge Frau weiter ihre Gäste.

Welchen Suchbegriff sollte sie eingeben? Vielleicht hätte sie in der Schule im Erdkundeunterricht besser aufpassen sollen. Ihr fiel das Lied *Sur le pont d'Avignon* ein. Doch diese Stadt war ihr zu groß, es sollte etwas beschaulicher zugehen. Sie überlegte kurz und ihr fiel der Pont du Gard ein. Tom hatte vor zwei Jahren seinen Urlaub dort verbracht und von der Gegend geschwärmt. Da sie die letzten Jahre überhaupt nicht spontan war, nahm sie sich vor, die Stadt oder den Ort zu nehmen, der ihr zuerst in die Augen sprang. Sie gab den Suchbegriff ein.

Ihr Mittelfinger lag auf der Enter-Taste und sie spürte vor Aufregung ein leichtes Kribbeln in der Magengegend. Bevor sie es sich anders überlegen konnte, drückte sie erwartungsvoll die Taste.

Uzès – in der Nähe vom Pont du Gard

Drei

Christina fuhr schon einige Stunden auf der Autobahn. Nachdem sie gestern Abend ihr Ziel gefunden hatte, packte sie schnell einen Koffer und eine Reisetasche. Den Wohnungsschlüssel brachte sie zu ihrer Nachbarin. Frau Jablonska war eine kleine zierliche Dame mit silbergrauen Kringellocken und Nickelbrille. Sie half immer, wo sie konnte. Der Postbote gab bei ihr Christinas Pakete ab und manchmal stellte die alte Dame ihr einen Topf Suppe vor die Wohnungstür. Seitdem ihr Mann verstorben war, lebte sie mit ihrer Hündin Paula allein und war froh, wenn sie Christina helfen konnte.

Nachdem alles geregelt war, verstaute Christina ihr Gepäck im Auto und fuhr los. Über Nacht war die Autobahn nicht so voll. Mit ein paar Pausen würde sie gegen elf Uhr am nächsten Tag ihr Ziel erreicht haben.

Die Sonne schien, das Autoradio spielte leise Musik. Sie fuhr in Richtung Orange und spürte langsam Müdigkeit. Das Beste wäre, sie würde sich für zwei oder drei Nächte ein Hotelzimmer nehmen und sich in Ruhe nach einer kleinen Wohnung umsehen. Sie genoss die letzten Kilometer der Fahrt in der Sonne. Rechts der Straße lagen Weinfelder, etwas weiter fuhr sie an einer Ölmühle vorbei. Die Landschaft wechselte zwischen kargen, steinigen Böden und endlosen Wein- und Getreidefeldern. Die vielen bunten Hinweistafeln am Straßenrand wiesen den Weg zu Weingütern, Restaurants, Hotels und Tankstellen.

In Uzès fand sie eine Parkmöglichkeit an einer großen Kirche am Rand der Altstadt. Sie nahm ihre Handtasche, holte die Reisetasche aus dem Kofferraum und ging weiter in die Innenstadt, wobei sie nach einem Hotel Ausschau hielt.

Der Verkehr schob sich durch die Straße, dabei hatten die Sommerferien in Frankreich nicht einmal begonnen. Hundert Meter vor ihr wies ein Schild auf ein Hotel hin, *Le Pond d'Or*. Das wollte sie sich genauer anschauen.

Sie öffnete die Eingangstür des Hotels und stand in einer kleinen Halle. Die Einrichtung hatte schon bessere Tage gesehen, aber es sah auf den ersten Blick alles sauber und ordentlich aus. Das Licht, das durch das große Fenster fiel, tauchte das Holz der Rezeption in ein warmes Rot. Ein kleiner runder Tisch mit zwei dunkelgrünen Samtsesseln stand gegenüber. Niemand war zu sehen.

Christina sah sich um. „Hallo", rief sie.

Kurz darauf kam ein Mädchen mit schnellen Schritten aus einem Zimmer hinter der Rezeption. „Bonjour, Madame", sagte sie mit einem strahlenden Lächeln. Ihr ganzes Auftreten und ihre Ausstrahlung waren, als hätte sie nie etwas anderes gemacht. Dabei war sie bestimmt erst sechzehn, höchstens siebzehn Jahre alt.

„Bonjour, Mademoiselle. Ich suche ein Zimmer für zwei oder drei Nächte."

Das Mädchen schaute auf ihre Reisetasche. „Ja, wir haben noch ein Einzelzimmer." Sie sprach schnell und gestikulierte mit den Händen und ihr ganzer Körper war in Bewegung. Eine blonde Strähne war aus ihren hochgesteckten Haaren gerutscht. Christina musste genau hinhören. Ihr Französisch war etwas eingerostet.

„Was kostet denn das Zimmer?"

„65 Euro. Sie können wählen zwischen einem Zimmer zur Straße oder nach hinten zum Garten. Da ist es etwas ruhiger."

„Bonjour, Madame." Eine alte Dame mit einem grauen Kurzhaarschnitt kam links den Gang entlang an die Rezeption. Sie ging sehr aufrecht und mit festen Schritten. „Excusez-moi, ich hoffe, Loulou hat Sie nicht gleich überfallen."

„Grand-mère!", protestierte das Mädchen mit zusammengezogenen Augenbrauen und entrüstetem Blick.

„Nein, Madame", sagte Christina beruhigend. „Loulou hat das wunderbar gemacht. Ich nehme das Zimmer zum Garten."

„Aber gern. Ich gebe Ihnen Nummer 3, da haben Sie direkten Zugang zum Garten. Es ist eines unserer schönsten Zimmer." Loulou drehte sich blitzschnell um und nahm den Schlüssel vom Schlüsselbrett. Sie reichte ihn Christina mit ihrem umwerfenden Lächeln.

„Wenn Sie bitte die Anmeldung ausfüllen." Die alte Dame schob ihr ein Formular über den Tresen. „Sie können es mir später zurückgeben. Falls Sie etwas benötigen oder eine Frage haben, kommen Sie gern zu mir. Mein Name ist Binette Legrand."

„Vielen Dank, Madame." Christina nahm den Schlüssel und die Anmeldung entgegen. Dann griff sie ihre Reisetasche und fand das Zimmer auf der linken Seite des Ganges.

Beim Öffnen der Zimmertür bewegten sich die Spitzengardinen leicht. Die Terrassentür, durch die ein leises Plätschern zu hören war, war geöffnet. Das Zimmer war geschmackvoll eingerichtet und strahlte eine behagliche Wärme aus. An der Tür zum Garten stand ein kleiner Tisch mit einer Glasplatte und ein zierlicher weißer Sessel. Das Bett war mit einer gestreiften Decke in zwei Grüntönen bedeckt, die verschiedenen großen Kissen passten farblich genau dazu. Christina stellte ihre Reisetasche ab und schlenderte in den Garten. Er lag in einem Innenhof und in der Mitte befand sich ein Brunnen, dessen Murmeln sie schon im Zimmer vernommen hatte.

Lavendel, Oleander und Rosmarin verströmten ihren Duft. Einige Pflanzen im Garten kannte sie nicht. Wenn diese Vielfalt erst einmal in voller Blüte erstrahlte, dann würde es das Paradies sein. Zurück im Zimmer legte sie sich auf das Bett. Nach der langen Autofahrt wollte sie sich ein wenig ausruhen.

Christina öffnete verschlafen die Augen. Sie musste sich erst besinnen, wo sie sich befand. Wie spät mochte es sein? Ihr Blick glitt zu ihrer Armbanduhr und erschrocken setzte sie sich auf. Es war früher Abend. Sie hatte doch tatsächlich einige Stunden geschlafen, was für sie ungewöhnlich war. Zu Hause fand sie meistens schwer Schlaf. Oft wälzte sie sich von einer Seite auf die andere.

Sie holte ihre Kulturtasche aus dem Reisegepäck und machte sich im Bad etwas frisch. Das Anmeldeformular für Madame Legrand füllte sie danach aus.

Die Rezeption war nicht besetzt und auch auf ihr Rufen rührte sich nichts. Christina legte das Blatt Papier auf den Tresen und damit es nicht herunterrutschte, stellte sie den Kugelschreiberhalter darauf. Madame würde es schon sehen.

Vor dem Hotel wurde sie wieder von der Realität eingeholt. Gerade eben war sie noch im Paradies, aber hier tobte das Leben – im wahrsten Sinne des Wortes. Auf beiden Seiten des Boulevards Gambetta parkten Autos und der Verkehr rollte nur mühsam. Trotzdem strahlte alles eine gewisse Leichtigkeit aus. Nach einem kurzen Blick über den Trubel entschied sie sich, die Straße rechts hinunterzugehen. Alte Platanen standen am Rand des Gehsteigs und die Sonne schien durch das Blätterdach. Die Wurzeln der Bäume hatten im Laufe der Jahre den schwarzen Asphalt hochgedrückt. Bistros und Cafés reiten sich aneinander. Dazwischen ein Blumenladen, eine Bank und ein Zeitschriftenladen. An der nächsten Querstraße ging es rechts in die Altstadt. Einfach nur drauflosgehen, nicht auf die Zeit achten. Zeit war uninteressant in den nächsten vier Wochen. Keiner wollte was von ihr. Sie konnte es noch gar nicht fassen.

Vor einem Schaufenster blieb sie stehen und bewunderte die Auslagen in einer Parfümerie. Seifen aus der Provence, Glasflacons mit Lavendel- oder Rosenwasser und wunderschöne bunte Seifenschalen. Sie würde in den nächsten Wochen genug Zeit haben, alles ausgiebig zu erkunden.

Essensduft stieg ihr in die Nase und sie merkte, wie sich ihr Magen meldete. Wann hatte sie eigentlich das letzte Mal gegessen? Auf der gegenüberliegenden Seite sah sie ein kleines Restaurant – genau das Richtige für heute Abend. Sie setzte sich an einen der vielen Tische draußen und konnte den Blick nicht von dem bunten Treiben lösen. Touristen schlenderten vorbei, die Lokale füllten sich langsam. Zwei kleine Jungen spielten Fußball und dribbelten den Ball gekonnt um die Passanten herum.

„Bonjour, Madame, was darf es sein?"

Christina schreckte zusammen und sah hoch. Vor ihr stand ein junger Mann in schwarzer Hose, weißem Hemd, braunen Augen und mit dunkelgelockten Haaren.

„Oh, Pardon. Ich habe noch gar nicht geschaut." Sie griff schnell zu der Karte.

„Dann wählen Sie in Ruhe." Er ging an einen anderen Tisch.

Sie entschied sich für einen großen Salatteller und ein Glas Weißwein. Aus dem Innenraum des Restaurants erklang leise Musik. Der junge Mann kam zurück und Christina gab ihre Bestellung auf. Sie lehnte sich entspannt zurück, als ihr plötzlich einfiel, dass sie vergessen hatte, ihre Eltern anzurufen. Sie wussten ja noch gar nicht, dass sie in Frankreich war. In der Handtasche suchte sie nach ihrem Handy und als sie es endlich gefunden hatte, wählte sie die Hamburger Nummer. Am anderen Ende der Leitung klingelte es nur zweimal.

„Christina, endlich! Ich habe schon auf deinen Anruf gewartet."

„Entschuldige Mama."

„Geht es dir gut? Wo bist du?" Sie hörte die Besorgnis in der Stimme ihrer Mutter.

„Ich bin in Uzès in Südfrankreich und sitze gerade in einem hübschen kleinen Restaurant."

„Papa hat dauernd gefragt, ob du dich schon gemeldet hast. Er hat mich ganz verrückt gemacht." Sie lachte leise.

Auch Christina musste schmunzeln. Ihr Vater ließ sich nie etwas anmerken, aber er machte sich immer Sorgen um sie. Sie war für ihn von klein auf sein ein und alles. Sein kleines Mädchen. „Dann kannst du ihn jetzt beruhigen."

„Ist es hübsch dort? Gefällt es dir? Was für eine Frage, sonst hättest du dir ja das Reiseziel nicht ausgesucht."

„Ich habe noch nicht viel gesehen, Mama, aber auf den ersten Blick macht alles einen beschaulichen Eindruck und es gibt viel zu sehen in der Umgebung. Ich glaube, ich kann mich hier gut erholen."

„Das freut mich für dich, mein Kind."

„Mama, mein Essen kommt. Ich melde mich wieder bei euch. Bis bald." Christina beendete das Gespräch und im gleichen Moment stellte der Ober ihr Abendessen und ein Weinglas auf den Tisch. Der Salat sah köstlich aus.

„Bon appétit."

Während des Essens dachte Christina an ihre Eltern. Ihnen gehört eine kleine Reederei vor den Toren Hamburgs, die ihr Vater in dritter Generation führte. Nachdem er vor einigen Jahren einen Herzinfarkt erlitten hatte, wurde die Firma von seinem langjährigen Mitarbeiter Thomas Paulsen weitergeführt. Er war mit dem Meer verbunden und eingefleischter Bootsbauer durch und durch. Ihr Vater hatte sich zurückgezogen. Thomas machte das hervorragend und die Firma lief nach wie vor gut. Wenn er Urlaub machte, dann übernahm ihr Vater so lange wieder die Geschäfte. Es war ihm nicht leichtgefallen, nach seiner Krankheit kürzerzutreten.

Ihre Mutter besaß eine kleine Galerie in Hamburg, die sie gemeinsam mit einer Freundin leitete. Der Krankenhausaufenthalt ihres Vaters hatte ihrer beider Leben ganz schön durcheinandergewirbelt. Ihre Eltern mussten einen neuen Tagesablauf finden. Christinas Vater wusste an so manchem Tag nichts mit sich anzufangen, was ihn unzufrieden stimmte. Eines Tages tauchte er sogar vormittags in der Galerie auf und versuchte, sein handwerkliches Geschick einzubringen. Zuerst glaubten alle, dass das nicht gut gehen könnte. Aber mit viel Geduld von beiden Seiten zeigte sich, dass das doch keine schlechte Idee war.

Christina wurde aus ihren Gedanken gerissen. Eine Drei-Mann-Kapelle stand an der Straßenecke und musizierten mit Saxofon, Akkordeon und Geige. Die Menschen blieben stehen und hörten begeistert zu. Einige bewegten sich im Takt zur Musik und es wanderte so manches Geldstück in den Hut, der vor ihnen auf dem Boden lag. Ein kleines Mädchen in einem roten Kleid begann zu tanzen.

Ohne ersichtlichen Grund schweifte Christinas Blick zur Eingangstür des Restaurants. Am Türrahmen lehnte ein Mann und schaute sie an. Ihre Blicke trafen sich und leicht neigte er grüßend den Kopf. Wie lange mochte er sie schon angeschaut haben? Sie grüßte zurück. Der Mann war schlank, dunkelhaarig und er trug eine schwarze Hose und ein schwarzes Sweatshirt, die Ärmel lässig nach oben geschoben. Christinas Aufmerksamkeit galt wieder den Straßenmusikern. Sie konnte es sich aber nicht verkneifen und schaute sich wieder zur Eingangstür um. Der Mann war verschwunden. Sie musste zugeben, dass sie etwas enttäuscht war.

„War alles zu Ihrer Zufriedenheit?" Der junge Mann, der sie bedient hatte, stand an ihrem Tisch.

„Danke, wunderbar. Würden Sie mir bitte noch einen Espresso bringen und auch gleich die Rechnung?"

Christina trank den Espresso, bezahlte und machte sich auf den Rückweg. Nachdem sie sich ein paar Schritte vom Restaurant entfernt hatte, drehte sie sich noch einmal um. Der Mann, der vor kurzem in der Tür gestanden hatte, war nicht mehr zu sehen. *Schade eigentlich*, dachte sie.

Im Zimmer öffnete sie die Tür zum Garten und atmete den blumigen Duft ein, der am Abend über ihm lag. Sie setzte sich in einen der zwei Liegestühle und schaute in den Himmel. Sie wollte nur ein paar Minuten innehalten. In ihrem Kopf war es so laut. Wie konnte das sein? Es war doch so schön still hier. Wie konnte Stille so laut sein?

Der Brunnen plätscherte leise und das Zirpen der Zikaden bestätigte ihr, dass sie endlich im Urlaub war. Sie wollte abschalten und nicht an die Arbeit denken. Was mochten die nächsten Wochen bringen?

Der letzte Gast war gegangen. André lehnte in der Tür seines Restaurants und rauchte eine Zigarette. Eigentlich wollte er sich das Rauchen schon längst abgewöhnt haben, aber die letzten Monate waren nicht einfach gewesen. André hatte sich von Flore getrennt und mit ihr war auch seine kleine Tochter Maeli ausgezogen.

Flore und er kannten sich zu dem Zeitpunkt zwölf Jahre. Das erste Mal waren sie sich in Paris über den Weg gelaufen. André arbeitete in einer Werbeagentur und sie in einer Parfümerie. Beide führten ein unbeschwertes Leben in der riesigen Stadt. Als Flore schwanger war, zogen sie nach Südfrankreich, wo ihre Eltern lebten. Ein Kind in der Millionenstadt aufziehen, das wollten sie beide nicht.

André hatte die Idee mit dem Restaurant. Flore war skeptisch, denn seine Erfahrung in der Gastronomie war gleich null. Aber Enzo, der ein Bistro am Place aux Herbes betrieb, hatte ihm alles beigebracht. Flore und André waren oft zum Essen bei Enzo. Sie kamen ins Gespräch und so ergab eins das andere. Wenn André eine Frage hatte, wusste Enzo immer Rat. Der Zufall brachte es mit sich, dass in der Altstadt ein Restaurant leer stand, das ideal in der Fußgängerzone lag. Mit dem Vermieter war er sich schnell einig und so konnte er bald mit den Renovierungsarbeiten beginnen. Die Eröffnung war auf den Tag genau ein Jahr nach Maelis Geburt. Das konnte nur ein gutes Zeichen sein, dachte André. Es kam aber alles ganz anders. Außer einem Koch konnte er sich noch kein Personal leisten, also musste er selbst mit ran. Morgens früh die frische Ware einkaufen und dann ins

Restaurant, das ab zwölf geöffnet war. Mittags kamen die ersten Touristen. Die Arbeit an der Bar und die Bedienung an den Tischen übernahm er selbst. War das Mittagsgeschäft vorbei, konnte er zwei Stunden nach Hause. Abends ab achtzehn Uhr war er wieder im Lokal. Die Sommermonate mit den Touristen waren anstrengend.

Flore war währenddessen mit dem kleinen Mädchen viel allein. Sie fühlte sich einsam und es kam immer wieder zu Streit. Zwischendurch besuchte sie ihre Eltern, die in der Camargue lebten. Nach ihrer Rückkehr entspannte sich die Lage, doch der nächste Streit ließ nicht lange auf sich warten. Maeli kam mit drei Jahren in die Vorschule und Flore arbeitete halbtags in einem Biskuit-Laden. Das verbesserte die Situation der beiden aber in keiner Weise. Maeli wurde älter und bekam natürlich die Streitereien ihrer Eltern mit. Sie wurde immer blasser und stiller. Eines Tages, André und Flore stritten wieder einmal um Nichtigkeiten, kam Maeli ins Zimmer gerannt und rief mit Tränen in den Augen: „Hört auf zu streiten! Ich hasse euch!" Sie machte kehrt, knallte die Tür ins Schloss und war wieder draußen. André und Flore sahen sich schuldbewusst schweigend an. Es war unverzeihlich, was sie ihrer kleinen Tochter über einen langen Zeitraum zugemutet hatten, das war ihnen jetzt klar. Dieser Moment zeigte, dass es so nicht mehr weitergehen konnte.

André zog in die Wohnung über dem Restaurant, während Flore mit Maeli in ihrer vertrauten Umgebung blieb. Wenn sie länger arbeitete, kam die Kleine ins Restaurant. Sie setzte sich an einen Tisch am Fenster und erledigte ihre Hausaufgaben.

Ein letzter Zug an der Zigarette, den Rest drückte André aus. Er löschte das Licht im vorderen Teil des Restaurants und schloss die Tür ab.

Vier

Ein zarter Windhauch weckte Christina am nächsten Morgen. Sie hatte am Abend zuvor die Terrassentür nicht geschlossen. Die Morgenluft duftete nach Thymian und Lavendel. Lag es daran, dass sie so gut geschlafen hatte? Ihre Armbanduhr zeigte acht Uhr. Sie reckte und streckte sich, bevor sie aufstand.

Auf dem Weg zum Frühstück wies ihr das Geschirrgeklapper den Weg in den Frühstücksraum. Sie setzte sich an einen Tisch am Fenster. Loulou kam und wünschte ihr einen guten Morgen.

„Haben Sie gut geschlafen, Madame?"

„Danke Loulou, ich habe tief und fest geschlafen und wenn ich einen Kaffee bekomme, dann wäre das wunderbar."

„Trés bien. Alles andere finden Sie beim Buffet." Loulou zeigte auf die lange Tafel an der Wand.

Christina holte sich ein Croissant und etwas Marmelade. Sie entschied sich für Erdbeermarmelade, die sie schon als Kind liebte. Die lange Tafel war großzügig gedeckt. Von Müsli über Joghurt, vier Marmeladen und von verschiedenen Schinken- und Käsesorten war alles da. Nicht zu vergessen das Baguette, das in Frankreich nicht fehlen durfte. Das Mädchen hatte ihr in der Zwischenzeit den Kaffee auf den Tisch gestellt. Sie nahm sich Zeit beim Frühstücken und blickte sich um. Große Glaslüster hingen unter der Decke und leichte Spitzengardinen bewegten sich vor den offenen Fenstern. Das Mobiliar und die Tapeten waren schon älter und entsprachen überhaupt nicht dem neuesten Trend, aber alles zusammen versprühte einen gewissen Charme.

An einem Tisch saß ein Herr allein, der in eine Zeitung vertieft war. An der einen Hand trug er einen Siegelring. Er griff zur Kaffeetasse, ohne hinter seiner Zeitung hervorzuschauen. Zwei Tische weiter saß ein älteres Paar, das sich liebevoll ansah. Sie trug ein buntes Sommerkleid, der Mann hatte ein Halstuch lässig um seinen Hals gebunden. Er schenkte Kaffee ein und reichte ihr die Marmelade. Sie bedankte sich mit einem zauberhaften Lächeln und streichelte zärtlich über seine Hand.

Christina nahm sich vor, in Ruhe ihren Kaffee auszutrinken und danach ins Touristenbüro zu gehen. Vielleicht konnte man dort für sie eine günstige Unterkunft finden. Wie hatte die junge Frau in dem Café in Deutschland gesagt: Wenn sie Land und Leute kennenlernen wollte, dann sollte sie sich eine Wohnung oder ein kleines Haus suchen. Ja, sie wollte mittendrin wohnen, einkaufen gehen und sich vielleicht sogar mit den Nachbarn unterhalten.

Auf dem Boulevard Gambetta standen schon die Verkaufsstände. Es war Markt in der Stadt. Das Touristenbüro befand sich auf der anderen Straßenseite nicht weit entfernt vom Hotel. Christina wurde von einer netten jungen Frau in einem dunkelblauen Kleid begrüßt. Ihr Name war Matilde, so stand es auf dem kleinen Schild an ihrem Kragen. Sie erklärte ihr, was sie suchte und für wie lange.

Matilde überlegte kurz und blätterte in ihrer Kartei. „Viel Auswahl gibt es nicht mehr, vor allem für einen längeren Zeitraum. Aber ich glaube, ich habe da was." Sie griff zum Telefonhörer. Kurz darauf sprudelten die Sätze nur so aus ihr heraus. Christina hatte Mühe, alles zu verstehen.

Nachdem Matilde aufgelegt hatte, stand sie auf und kam um ihren Schreibtisch herum. „So, man wartet auf Sie. Ich zeige Ihnen, wo Sie lang müssen. Es ist eine schöne kleine Wohnung mit separatem Eingang und einem Garten. Sie haben Glück." Matilde hielt Christina die Tür auf. „Sie gehen rechts die Straße bis zur nächsten Kreuzung und dann wieder rechts. Da sehen Sie schon von weitem ein gelbes Haus hinter einer Natursteinmauer auf der linken Seite. Sie können es gar nicht verfehlen. Dort erwartet Sie Danielle Dubois."

Es dauerte nur wenige Minuten und Christina erblickte das gelbe Haus sofort. Besagte Natursteinmauer führte um das Grundstück herum und an der Hauswand wuchsen blassrosa Stockrosen. Links und rechts von der Tür öffneten sich die ersten Blüten der Lavendelbüsche. Ein Wäscheständer stand auf der Rasenfläche vor dem Haus. Die Gartenpforte war nur angelehnt. Sie ging zur Haustür und wollte gerade klingeln, als ein Junge mit einem großen schwarz-weißen Hund herausgerannt kam.

Christina machte einen Schritt zur Seite, sonst hätten die zwei sie umgerannt. Der Junge blieb verdutzt stehen und sah sie mit seinen braunen Augen an. Der Hund stand abwartend neben ihm und schaute zwischen dem Jungen und ihr hin und her, als wenn er sagen wollte: *Kennst du die?*

„Wollen Sie zu uns?"

„Ja, ich habe gehört, ihr vermietet eine Wohnung."

„Ach so", kam es lang gezogen von ihm zurück. Er hatte sich wohl etwas Spannenderes vorgestellt. „Das müssen Sie mit meiner Mama besprechen. Gehen Sie ruhig rein." Er drehte sich um und rannte zum Gartentor, der Hund hinterher, und ehe sie sich versah, waren die beiden verschwunden.

Die Haustür stand auf und Christina ging vorsichtig hinein. Einige Türen führten links und rechts vom Flur in verschiedene Zimmer und eine Treppe ging nach oben. Es war alles ruhig.

„Hallo!", rief sie. Nichts. Sie versuchte es noch einmal etwas lauter. „Hallo!"

Auf der linken Seite öffnete sich eine Tür. Ein alter Mann schaute vorsichtig mit zusammengekniffenen Augen um die Ecke. Seine Haltung war gebückt.

„Bonjour, ich suche Madame Dubois."

„Weg! Gehen Sie weg!" Der alte Mann zeigte immer wieder mit der Hand zur Haustür.

„Entschuldigung, ich wollte nicht stören", erwiderte Christina beschwichtigend. „Im Touristenbüro sagte man mir, dass Sie eine Wohnung vermieten."

„Fort! Gehen Sie!" Er wurde immer ungehaltener.

Um ihn nicht noch mehr aufzuregen, ging Christina zur Haustür. „Ich gehe schon. Au revoir." Sie stand nur kurz draußen, als eine Frau mit einem Korb Gemüse um die Hausecke kam.

Sie lächelte ihr schon von weitem freundlich zu. „Bonjour, Sie müssen Madame Bauer sein. Enchanté." Sie stellte ihren Korb ab und reichte Christina die Hand. „Ich bin Danielle Dubois."

„Enchanté, ich freue mich."

Madame Dubois hatte die langen schwarzen Haare zu einem dicken Zopf geflochten. „Sie interessieren sich also für unsere kleine Wohnung. Wie lange möchten Sie denn bleiben?"

„Ich kann es noch nicht genau sagen, aber vier Wochen bestimmt", antwortete Christina.

„Kommen Sie, ich zeige Ihnen die Wohnung." Madame ging voran, links an der Haustür vorbei und um die Ecke weiter in den Garten hinein. Vor einer blauen Holztür blieb sie stehen, zog aus ihrer Jeans ein kleines Schlüsselbund und schloss auf. „Bitte sehr." Sie trat einen Schritt zur Seite und ließ Christina den Vortritt.

Sie stand sofort in einem Wohnraum mit einer offenen Küche. Gegenüber befand sich eine doppelflügelige Terrassentür mit Blick in den Garten. Madame Dubois zeigte ihr den kleinen Küchenbereich. Sie öffnete hier eine Tür und dort eine Schublade. Es war alles da, was man im Urlaub benötigte. Im Wohnzimmer stand neben der Terrassentür ein weißes Sofa, davor ein Glastisch und daneben ein Ohrensessel. Eine Tür führte in das Schlafzimmer mit einem großen schmiedeeisernen Bett, an jeder Seite ein runder Tisch mit einer kleinen Lampe, gegenüber ein alter Kleiderschrank. Die Wohnung lag nicht weit entfernt von der Innenstadt. Genau hier wollte Christina wohnen.

„Wenn es nach mir geht, dann nehme ich die Wohnung. Was soll sie denn kosten?"

Der Preis, den Madame Dubois nannte, war ihrer Meinung nach mehr als angemessen und so war sie sofort einverstanden.

Auf einmal erschien der Junge mit dem Hund an die Tür. Er wollte gerade hereinkommen, doch seine Mutter stoppte ihn. „Halt, junger Mann!" Sie hielt ihn an den Schultern fest. „Wie oft habe ich dir gesagt, dass er nicht in die Wohnung der Gäste darf?" Danielle Dubois zeigte auf den Hund, der sie mit treuen Augen anblickte.

„Entschuldige, Mama." Der Junge schaute seine Mutter betreten an.

„Das ist Leo, mein Sohn, und das ist Beau, sein Freund." Sie deutete auf den Hund. „Leo ist manchmal ein wenig ungestüm und vergisst gern mal, was man ihm schon hundertmal gesagt hat. Nicht wahr?" Sie lachte und fuhr mit der Hand durch seine Haare. Leo grinste verlegen.

„Hallo, Leo." Christina streckte ihm die Hand entgegen. Der Junge nahm sie, nachdem er seine an der Hose abgewischt hatte. „Wie alt bist du denn?"

„Ich bin schon sieben", antwortete er bedeutungsvoll.

„Leo, das ist Madame Bauer, Sie wird die nächsten Wochen bei uns wohnen."

„Na, dann sehen wir uns ja öfter", sagte der Junge keck, drehte sich um und ging den Gartenweg hinunter.

Der Hund schaute sie noch kurz aufmerksam an, dann folgte er seinem Freund.

„Die beiden sind wohl unzertrennlich?"

„Ja, mein Mann hat Beau vor drei Jahren auf der Landstraße aufgelesen. Er war verletzt, vermutlich hatte ihn ein Auto angefahren. Er brachte ihn mit nach Hause und wir haben den Tierarzt gerufen. Es hat eine ganze Weile gedauert, bis er wieder gesund war. Wir haben in der Zwischenzeit versucht, seinen Besitzer zu finden, haben eine Anzeige in die Zeitung gesetzt und überall Aushänge gemacht. Es hat sich niemand gemeldet."

„Da war Leo sicher froh, oder?"

„Leo war damals erst vier. Er hat bei der Pflege geholfen und jede freie Minute bei dem Hund gesessen, hat ihn gestreichelt und mit ihm gesprochen. Seitdem Beau wieder gesund ist, weicht er Leo nicht mehr von der Seite."

Christina und Danielle Dubois gingen zurück durch den Garten.

„Als ich kam, stand Ihre Haustür auf. Ein älterer Herr hat mich gesehen und er war sehr aufgeregt. Ich hoffe, ich habe ihn nicht erschreckt."

Danielle schüttelte den Kopf. „Keine Sorge, mein Vater hat manchmal solche Phasen. Oft ist er ganz klar und dann wieder glaubt er, dass man ihm etwas Böses will. Leider verschlechtert sich sein Zustand immer mehr."

„Das tut mir leid."

Beide Frauen beobachteten Leo und seinen Hund, wie sie ausgelassen auf dem Rasen vor dem Haus spielten.

„Ich werde im Laufe des Tages mit meinem Gepäck vorbeikommen", sagte Christina.

„Fühlen Sie sich wie zu Hause. Ich freue mich, dass Sie da sind."

Christina winkte Leo auf dem Weg zur Gartenpforte noch einmal zu. Auf dem Weg in die Innenstadt hörte sie eine Turmuhr schlagen. Es war noch genug Zeit, um auf den Markt zu gehen.

Ein großes schwarzes Auto stand am Straßenrand. Der Mann hinter dem Steuer ließ das gegenüberliegende Grundstück nicht aus den Augen. Den breitkrempigen dunklen Hut tief ins Gesicht gezogen und die langen Enden seines Oberlippenbartes nach oben gezwirbelt, trommelte er mit den Fingern einen Takt auf dem Lenkrad. Er nahm eine Wasserflasche aus dem Handschuhfache und trank in schnellen Schlucken.

Er beobachtet den Jungen mit dem großen schwarz-weißen Hund im Garten. Der Mann im Auto setzte sich aufrecht hin, schob seinen Hut aus dem Gesicht und schaute aufmerksam mit zusammengekniffenen Augen auf das gegenüberliegende Grundstück. Der Hund sprang freudig um den Jungen herum. Eine Frau mit schulterlangen braunen Haaren näherte sich aus dem Garten. Sie rief dem Jungen lachend etwas zu, bevor sie das Grundstück verließ und in Richtung Innenstadt ging. Das Kind lief mit dem Hund ins Haus. Der Mann wartete noch einen Augenblick, startete dann den Wagen und fuhr langsam davon.

Die Autos quälten sich dicht an dicht durch die Straße und kamen nur langsam voran. Christina ging durch den alten Torbogen, der den Boulevard Gambetta mit dem Place aux Herbes verband, in die Innenstadt. Ihre Schritte hallten unter dem betagten Mauerwerk.

Als sie den Platz betrat, blieb sie stehen. Sie kam sich vor wie in einer anderen Welt. Wie Alice im Wunderland, vollkommen aus der Zeit gefallen. Das bunte Treiben auf dem Markt und die Menschen, die in den Cafés saßen und ihren Pastis oder Kaffee tranken – es ging ein Lebensgefühl von allem aus, was sie bis dahin noch nicht erlebt hatte. Bisher gab es für sie nur die Arbeit.

Langsam schlenderte Christina durch die Gänge. Hier gab es Butter und Käse, dort Oliven und Olivenöl, da Honig, einen Stand weiter Geflügel und Eier. Alles wurde durch ein lautes Stimmengewirr untermalt.

Ihr fiel ein, dass sie einkaufen musste, wenn sie ab heute in ihrem kleinen Haus wohnen würde. Also kaufte sie Butter, Käse, Eier und Brot. In der Mitte des Platzes, an dem großen Brunnen war ein Olivenstand. Die Oliven in den runden Holzschalen sahen so verführerisch aus. Der junge Mann hinter dem Tisch bot ihr an, die eine oder andere Sorte zu probieren.

„Die mit den Kräutern müssen Sie unbedingt kosten."

Christina drehte sich nach der warmen Stimme um, die über ihre Schulter drang, und schaute in ein Paar braune Augen. Sie erkannte ihn sofort wieder. Es war genau der Mann, der gestern Abend in der Tür des kleinen Restaurants gestanden hatte.

„Pierre, lass Madame von deinen Oliven in Kräuteröl probieren. Das sind die besten."

Der junge Mann grinste breit, legte mit einem Holzlöffel ein paar Oliven auf einen kleinen Teller und reichte ihn Christina. Jetzt stand sie also hier mit einem charmanten Unbekannten und probierte Oliven.

„Nun, was sagen Sie?" Er sah sie erwartungsvoll an, während er einen Olivenkern in seine Hand spuckte.

„Mmmh, sehr gut."

„Pierre, einen großen Becher für die Dame", rief er dem jungen Mann zu.

Christina wusste nicht, wie ihr geschah. Warum war ihr auf einmal so warm? Sie roch sein After Shave. Es duftete nach Zitronen und Rosmarin.

„Nein. Bitte nur einen kleinen Becher." Und zu dem Mann neben sich sagte sie: „Ich hole mir in ein paar Tagen lieber frische. Danke."

„Sie bleiben länger?" Die Stimme neben ihr klang interessiert, um nicht zu sagen sogar neugierig.

„Ich bin gerade erst angekommen, ja."

„Das freut mich, dann werden wir uns sicher wiedersehen."

„Vielleicht. Danke für Ihre Beratung." Sie gab dem jungen Mann das Geld, verstaute die Oliven in der Tasche und drehte sich zum Gehen um. Sie spürte die Blicke des Fremden im Rücken. „Nicht umdrehen. Nicht umdrehen", murmelte sie immer wieder leise vor sich hin. Nach ein paar Schritten, sie konnte nicht widerstehen, drehte sie sich doch um. Er stand immer noch am selben Fleck und sah ihr nach. Ihre Blicke trafen sich, dann eilte sie weiter. Unmerklich schüttelte sie lächelnd den Kopf.

Christina ging zum Hotel zurück. Sie wollte ihre Sachen packen, bezahlen und danach ihre neue Unterkunft beziehen. Die Rezeption war nicht besetzt. Auf ihr Klingeln kam niemand. Sie schaute in den Frühstücksraum, da sie aus der Küche Geschirr klappern hörte. Vorsichtig schob sie die Tür auf und klopfte gleichzeitig an.

„Madame Legrand! Loulou!"

Madame kam hinter einem Regal hervor. „Madame Bauer, was kann ich für Sie tun?" Die alte Dame wischte sich ihre Hände an einem Handtuch ab, das sie hinter die Bänder ihrer blau karierten Küchenschürze gesteckt hatte.

„Madame, ich habe eine Wohnung gefunden und möchte jetzt mein Zimmer bezahlen."

„Ach, das ist aber schade. Das war ja ein kurzer Besuch."

Christina hörte echtes Bedauern aus der Stimme. „Ja, es ging schneller, als ich dachte, und ist gar nicht weit von hier, in der Rue Benoit."

„Ist es vielleicht bei Danielle Dubois?", fragte Madame.

„Ja, genau! Sie kennen Madame Dubois?"

„Ich kenne die Familie schon lange. Mit Danielles Papa bin ich zur Schule gegangen. Es ist ein Jammer, dass er immer mehr vergisst. An manchen Tagen soll es so schlimm sein, dann erkennt er nicht mal Leo, seinen kleinen Enkel. Die Rechnung können Sie gleich an der Rezeption begleichen."

Christina packte ihre Sachen. Viel war es nicht, was sie für den kurzen Aufenthalt ausgepackt hatte. Sie nahm ihre Reisetasche, schaute sich noch einmal um, ob sie nichts vergessen hatte, und klappte schließlich die Tür hinter ihr zu.

An der Rezeption wurde sie schon von Madame Legrand erwartet. Die Rechnung war schnell bezahlt. Christina tat es direkt ein wenig leid, dass sie auszog.

„Grüßen Sie Loulou von mir."

„Das mache ich gern." Madame schaute Christina hinterher, bis die Tür hinter ihr ins Schloss fiel.

Fünf

Das Gespräch mit der schönen Fremden hatte ihn aufgehalten, doch das war es ihm wert. André lächelte versonnen, wenn er an die letzten zehn Minuten dachte, und ging eilig über den Markt.

Sie war ihm gestern Abend im Restaurant schon aufgefallen. Ihre Augen strahlten in einem warmen Smaragdton und die Haare glänzten im Sonnenlicht. Er wollte sie unbedingt wiedersehen. Jetzt musste er sich beeilen. Gabriel, sein Koch, wartete auf die Einkäufe und er musste noch die Tische eindecken. André schlängelte sich durch die Touristen, die an Markttagen die Stadt bevölkerten. Es hatte alles seine Vor- und Nachteile. Die Einheimischen lebten von den Touristen, aber im Hochsommer gelang die Stadt an ihre Grenzen. Er gehörte auch zu denjenigen, die von den Touristen profitierten.

Gabriel fluchte vor sich hin und war genervt. „Wo bleibst du? Die ersten Gäste kommen bald und ich kann sehen, wie ich fertig werde."

André stellte die Tasche auf die Arbeitsfläche und legte

Gabriel den Arm um die Schulter. Ja, das kannte er bereits. Gabriel neigte zur Übertreibung. Erst verbreitete er Unruhe und nachher klappte alles wie am Schnürchen. „Du weißt selbst, wie voll der Markt im Sommer ist. Es ging nun mal nicht schneller. Kann ich dir bei den Vorbereitungen helfen?"

„Mon dieu!" Gabriel war entrüstet. „Sieh zu, dass du raus kommst! Ich mache das hier schon."

André lachte kurz auf, klopfte ihm freundschaftlich auf den Rücken und ging nach draußen. Dort rückte er Tische und Stühle zurecht, legte die Tischdecken auf und öffnete die Sonnenschirme. Er sah, wie einige Touristen die Straße entlang bummelten und auf die ausgehängten Speisekarten der Restaurants schauten.

Zwei Gäste setzten sich an einen der vielen Tische. Es würde nicht lange dauern und kein Platz würde mehr frei sein. Wo Paul nur blieb? Der junge Mann arbeitete noch nicht lange bei ihm und Pünktlichkeit war nicht seine Stärke, doch ansonsten konnte er sich auf ihn verlassen. Er war schnell und bei den Gästen beliebt, immer nett und zu einem Späßchen aufgelegt.

In dem Moment kam Paul mit schnellen Schritten gegenüber um die Ecke. „Excuse-moi, André, bin sofort da."

„Bonjour, Papa!"

André drehte sich erstaunt um. Hinter ihm stand seine Tochter. Ihre blonden Locken strahlten mit ihren blauen Augen um die Wette.

„Maeli, Schätzchen, was machst du denn schon hier?" Er nahm das kleine Mädchen überschwänglich in den Arm und küsste sie auf beide Wangen.

„Aber Papa! Heute ist Mittwoch!" Maeli sah ihn mit

vorwurfsvollem Blick an. *Also wirklich*, schien sie zu denken, *Erwachsene vergessen alles.*

„Stimmt, du hast ja recht." André fasste sich gespielt übertrieben an den Kopf und verbiss sich ein Lachen.

„Tu nicht so", sagte sie, „du hast es vergessen!" Mit zusammengezogenen Augenbrauen schaute Maeli ihn bitterböse an. „In der Mensa sind die Handwerker. Es gibt kein Mittagessen."

„Richtig! Da war doch was. Also, was möchte meine Kleine essen?"

„Milchreis mit Kirschen!" Maeli rannte zwischen den Tischen durch in das Restaurant und setzte sich ans Fenster. Von hier hatte sie alles im Blick, was sich draußen auf der Straße abspielte.

Paul brachte ihr eine Zitronenlimonade. „Hallo, Prinzessin! Alles klar?"

Sie zog das Glas mit dem bunten Strohhalm zu sich heran und während sie trank, kam nur ein: „Mmm." Maeli nahm ein Buch aus der Schultasche. Sie las für ihr Leben gern, am liebsten Geschichten über Feen und Zauberer.

„So, junge Dame, dein Mittagessen. Von Gabriel mit Liebe gekocht." André stellte seiner Tochter einen Teller Milchreis auf den Tisch. Die Kirschen waren als Augen und Mund auf dem Reis angerichtet. Er strich ihr liebevoll über den Kopf und ging wieder zu seinen Gästen. Draußen waren fast alle Plätze besetzt. Er musste Paul beim Bedienen unter die Arme greifen. Allein würde er das nicht schaffen. Er drehte sich noch einmal zu seiner Tochter um. Sie las in ihrem Buch und aß nebenbei ihren Milchreis.

Christina stellte das Auto am Straßenrand ab. Sie nahm die Einkäufe und ging den Weg bis zu ihrer Eingangstür noch etwas zögerlich. Feierlich drehte sie den Schlüssel im Schloss und die Tür sprang auf. Sie blieb stehen, um sich zu vergewissern, dass alles so war, wie sie es vor zwei Stunden verlassen hatte. Zu schön, um wahr zu sein. Alles war so einfach gehalten, ohne viel Schnickschnack, alles passte zusammen und hatte den Charme des Südens.

Die Einkäufe stellte sie in die Küche auf den Tresen, danach holte sie das Gepäck. Sie öffnete die Terrassentür und ging nach draußen, wo der Kies unter ihren Schuhen knirschte. Der Sitzplatz war nicht groß, doch für einen Tisch mit zwei Stühlen und einer Sonnenliege reichte es. Der Sonnenschirm war schon aufgespannt und schützte den Platz vor der Mittagssonne. Es duftete nach Rosen und Kräutern, eine Vogeltränke stand im Schatten unter dem Oleander. Ihr Zuhause – auch wenn es nur auf Zeit war. Sie legte sich auf die Sonnenliege, verschränkte die Arme hinter dem Kopf und wollte einfach nur ein paar Minuten den Augenblick genießen. Es dauerte nicht lange und ihr fielen die Augen zu.

Etwas Kühles und Feuchtes spürte sie an ihrer linken Hand. Christina musste erst einmal überlegen, wo sie war. Sie öffnete vorsichtig die Augen und ihr Blick ging zur Seite. Ein großes dunkles Augenpaar blickte sie an.

„Beau, was machst du denn hier? Wo hast du Leo gelassen?"

Der Hund drehte den Kopf in die Richtung, aus der er gekommen war, als würde er jedes Wort verstehen.

Sie schaute auf die Uhr. „Meine Güte! Ich habe drei Stunden geschlafen!" Mit einem Ruck setzte sie sich auf. „Danke, Beau, dass du mich geweckt hast." Sie streichelte den großen Hund.

Danielle Dubois kam um die Ecke, gefolgt von Leo. Dieser rannte gleich auf Beau zu und umarmte ihn. „Da bist du ja", rief er erleichtert. „Ich habe dich schon gesucht."

„Na, da wollte Beau wohl unseren neuen Gast zuerst willkommen heißen. Haben Sie sich schon eingerichtet? Leo und ich würden Sie gern zum Abendessen einladen. Ein kleiner Willkommensgruß und dabei lernen Sie auch meinen Mann kennen."

„Danke, das ist sehr freundlich. Ich komme gern."

„Bon, wir freuen uns, wenn Sie gegen 19 Uhr da sind. Nicht wahr, Leo?"

„Ja, super! Komm, Beau!" Der Junge lief mit dem Hund davon.

„Bis später."

Christina überlegte, ob sie bis zum Abendessen noch etwas unternehmen wollte. Vielleicht einen Spaziergang? Sie könnte die Altstadt erkunden und einen Kaffee trinken.

Noch schnell die Haare kämmen und fertig war sie. Da hatte sie doch tatsächlich die Zeit vergessen. Es gab in der Stadt aber auch so viel zu sehen. Sie hatte sich den Botanischen Garten und die große Kathedrale angeschaut.

Irgendwo hatte sie mal gelesen, dass Franzosen es mit der Pünktlichkeit nicht so genau nahmen und es von ihren Gästen auch nicht unbedingt erwarteten. Ob das wirklich stimmte? Eine Flasche Wein hatte sie noch als Geschenk in dem kleinen Weinladen in der Altstadt gekauft. Sie schloss die Terrassentür, griff nach dem Schlüssel und ging zur Tür. Obwohl, wer würde hier schon einbrechen?

Die Haustür stand auf. Sie dachte an ihren ersten Besuch heute Morgen. Um den alten Herrn nicht wieder zu erschrecken, klingelte sie diesmal und ging nicht einfach hinein. Mit einem lauten Bellen kam Beau aus einem Zimmer.

Als er sie sah, wedelte er freudig mit dem Schwanz und wo Beau war, da war Leo natürlich nicht weit. „Christina, komm, Mama und Papa sind hinten im Garten."

Sie folgte ihm durch das Haus. Am Ende des Flurs führte eine Tür in den Garten. Unter einer großen alten Linde war der Tisch gedeckt. Die Rasenfläche war mit Buxbaum eingefasst und überall standen Tontöpfe mit roten Geranien. Weiter hinten entdeckte sie ein paar Gemüsebeete. Die roten Tomaten leuchteten bis hier.

„Hallo, Madame Bauer!" Danielle Dubois ging Christina entgegen. „Schön, dass Sie da sind. Kommen Sie näher." Sie führte sie zu dem Tisch, an dem ein großgewachsener blonder Mann Gläser verteilte. „Cheri, ich möchte dir Madame Bauer vorstellen."

Der Mann drehte sich um und kam auf sie zu. „Enchanté, Madame." Sie nahm seine ausgestreckte Hand und spürte einen kräftigen Händedruck.

„Da Sie eine längere Zeit hier bei uns verbringen, ist es doch schön, sich etwas näher kennenzulernen. Kommen Sie, nehmen Sie Platz." Danielle machte eine einladende

Handbewegung. „Ich hole das Essen. Eric, kümmerst du dich um die Getränke?"

Eric legte den Arm um Danielle und zog sie leicht an sich, bevor er ins Haus ging. Dabei bemerkte Christina, dass er sein linkes Bein etwas nachzog.

„Christina, komm, wo möchtest du sitzen?"

Sie wurde aus ihren Gedanken gerissen. Leo stand mit strahlenden Augen da und wartete, bis sie Platz genommen hatte. Er setzte sich neben sie und Beau legte sich unter den Baum.

„Gehst du gar nicht in die Schule?"

„Doch, aber ich war krank. Morgen muss ich wieder los." Er verzog das Gesicht.

Christina musste schmunzeln. „Na, das klingt ja nicht sehr begeistert. Gehst du nicht gern in die Schule?"

„Eigentlich schon. Nur Beau kann mich nicht begleiten." Der Hund hob kurz den Kopf, als er seinen Namen hörte.

Danielle kam mit dem Essen zurück. „Bitte esst doch erst etwas frisches Obst. Der Auflauf ist noch zu heiß."

Ein großer Obstteller stand auf dem Tisch, mit allem, was man sich nur wünschen konnte. Aprikosen, Melonenspalten, Feigen, Kirschen und Pfirsiche. Christina legte sich etwas Melone auf den Teller. Eric brachte die Getränke und sie entschied sich für einen kühlen Weißwein.

„Holst du bitte noch das Baguette aus der Küche, Leo? Sei so lieb." Der Kleine sprang auf und rannte los.

Eric wandte sich an Christina. „Woher kommen Sie, Madame?"

„Ich wohne in Frankfurt."

Eric war interessiert und fragte, was sie tat und wie lange sie bleiben wollte.

„Kommt, lasst uns anstoßen." Danielle hob ihr Glas und prostete Christina zu. „Lasst uns beim Vornamen nennen. Ich freue mich, dass du da bist, Christina."

„Danke für die Einladung, Danielle. Ich fühle mich jetzt schon sehr wohl hier. Eric." Er prostete ihr mit einem zögerlichen Lächeln zu.

„Halt!", rief da eine helle Jungenstimme. Leo kam mit dem Brotkorb angerannt. „Und wer stößt mit mir an?"

Alle lachten. Mit Schwung landete der Korb auf den Tisch, er nahm seine Limonade und stellte sich vor Christina hin. Er hob sein Glas und sagte mit ernstem und wichtigen Kinderblick: „Santè!"

Sie stieß mit ihm an und verkniff sich ein Lachen. „Santè!"

Der Abend verging wie im Flug. Leo musste nach dem Essen ins Bett. Morgen hieß es wieder früh aufstehen für ihn. Die Kerzen auf dem Tisch flackerten in der lauen Abendbriese und verbreiteten ein diffuses Licht, Sommerabend-Atmosphäre, dazu das Zirpen der Zikaden. Danielle interessierte sich für Christina Leben. Eric hörte zu und fragte das ein oder andere Mal nach.

„Entschuldigt, dass ich nicht zum Essen da sein konnte, aber der Laden war einfach zu voll." Ein Mann war um das Haus gekommen.

Christina erkannt ihn im Halbdunkeln nicht, aber die Stimme kam ihr sofort bekannt vor. Sie stutzte, als sie im Abendlicht sein Gesicht sah. Das war doch der Mann vom Markt, der sie beim Kauf der Oliven beraten hatte.

Als er den Tisch erreichte und sein Blick auf sie fiel, lächelte er. Es war schon mehr ein übermütiges Grinsen. „Ach, da sehen wir uns ja schneller wieder als gedacht."

„Ihr kennt euch?"

„Flüchtig", antwortete Christina schnell, bevor er etwas sagen konnte.

„Komm, setz dich, André." Danielle zeigte auf den Stuhl neben Christina und zu Eric gewandt: „Bist du so lieb und holst noch ein Glas für André, Cheri?"

Die beiden Männer umarmten sich freundschaftlich und klopften sich auf die Schulter.

„Das ist aber schön, dass du noch vorbeikommst. Woher kennt ihr euch denn?" Danielle schaute erst André und dann Christina neugierig an.

„Dein Gast war gestern bei mir im Restaurant und heute haben wir uns auf dem Markt bei Pierre getroffen." André sah Christina dabei unentwegt an.

„Ja, die Oliven, die Sie mir empfohlen haben, schmecken fantastisch", antwortete sie, nur um überhaupt etwas von sich zu geben. Ihre Stimme wackelte. Gut, dass er ihr Gesicht nicht genau betrachten konnte. Ansonsten würde er feststellen, dass sie rot wurde wie ein Teenager. Sie griff zu ihrem Weinglas, trank einen Schluck und senkte dabei ihren Blick. Nur nicht weiter diesen Mann anschauen.

Eric kam mit einem Glas zurück und goss André Rotwein ein. Dieser nahm das Glas und prostete Christina zu, ohne sie aus den Augen zu lassen. „Santé." Beim Trinken schaute er sie über den Glasrand unverwandt an. Sie wusste nicht, wo sie hinsehen sollte, damit er ihre Nervosität nicht bemerkte.

„Seid mir nicht böse", Christina erhob sich, „ich möchte mich verabschieden. Die ersten zwei Tage waren doch sehr aufregend. Macht euch noch einen schönen Abend."

„Schade, aber das wiederholen wir bald mal wieder." Danielle erhob sich und begleitete sie durch den Garten bis vor das Haus.

Christina hatte das Gefühl, dass Andrés Blicke sie die ganze Zeit durchbohrten.

Beide Frauen küssten sich auf die Wange. „Ich freue mich, dass du hier bist. Bonne nuit."

Eine Lampe erhellte den Gartenweg zu ihrer Haustür. Als Christina die Tür hinter sich geschlossen hatte, musste sie sich erst einmal dagegen lehnen. Verträumt schaute sie vor sich hin. Was für ein Tag – erst hatte es mit der Wohnung geklappt und dann hatte sie André heute gleich zwei Mal getroffen. Sie hatte seine Blicke den ganzen Abend auf ihrer Haut gespürt. Bei dem schummrigen Kerzenlicht war nicht viel zu erkennen, aber seine Gegenwart war sehr anziehend gewesen. Ein warmes Gefühl breitete sich in ihr aus und es kribbelte auf ihrem ganzen Körper. Sie schlüpfte aus ihren Schuhen. Als sie sich umdrehte, schaute sie ihr Spiegelbild an. „Na, hättest du das vor drei Tagen gedacht?"

Wann würde sie André wohl wiedersehen? Verflixt! Warum dachte sie jetzt schon an ein Wiedersehen? Warum wollte sie ausgerechnet diesen Mann wiedersehen? Sie schüttelte den Kopf, als wollte sie einen Traum abschütteln.

Christina nahm sich eine Flasche Wasser aus dem Kühlschrank und goss sich etwas in ein Glas, dann öffnete sie die Terrassentür weit und trat nach draußen. Mit geschlossenen Augen hörte sie den Zikaden zu. So klang der Süden. Jetzt musste sie aber unbedingt schlafen. Terrassentür zu, noch mal kurz ins Bad und als sie im Bett lag, schlief sie sofort ein.

Nachdem Danielle Christina verabschiedet hatte, kehrte sie zu den Männern in den Garten zurück. Sie setzte sich und nahm ihr Weinglas, das sie selbstvergessen betrachtete, ohne zu trinken. Dass die Männer sich angeregt unterhielten, bekam sie gar nicht mit.

„Hallo, Cherie! Wo bist du mit deinen Gedanken?"

Sie erschrak. „Was? Entschuldige, ich habe gar nicht zugehört", stotterte sie.

„Das habe ich gemerkt. Was gibt es denn, dass du so abwesend warst?"

„Ach, nichts. Nichts Besonderes."

Für Eric kam die Antwort zu schnell. Er kannte seine Frau. Auch wenn es dunkel war, die Kerzen verbreiteten genug Licht und er sah ihren Gesichtsausdruck.

Um von sich abzulenken, fragte Danielle: „André, wie geht es der kleinen Maeli?" Sie trank einen Schluck Wein.

„Oh, das lass sie aber nicht hören. Von wegen klein." Er lachte. „Es geht ihr gut. Ich hätte bloß gern etwas mehr Zeit für sie. Manchmal habe ich ein schlechtes Gewissen."

„Du kennst Christina schon?" Danielle ließ nicht locker.

„Ich kenne sie nicht. Soviel ich weiß, ist sie gestern erst angekommen. Sie war bei uns im Restaurant essen und ich habe ihr Pierres Oliven empfohlen. Mehr nicht."

„Aha.“

„Was heißt aha?“ André sah fragend Danielle an.

„Nichts nichts.“ Sie versuchte ihre Stimme so harmlos wie möglich klingen zu lassen.

„Komm Danielle, nun ist es aber gut.“

„Was?“ Sie sah mit einem unschuldigen Lächeln ihren Mann an.

„Ihr Lieben, ich muss auch los. Der Tag war lang.“ André erhob sich und nahm Danielle in den Arm. „Bonne nuit und danke für den schönen Abend, auch wenn er kurz war.“

„Ich bringe dich nach vorn.“ Die beiden Männer gingen durch den dunklen Garten.

Als Eric zurückkam, hatte Danielle schon begonnen, das Geschirr zusammen zu räumen.

„Sag mal, was sollte das vorhin?“ Eric nahm seine Frau in die Arme.

Sie legte ihren Kopf an seine Brust. „Was? Man darf doch mal fragen.“

„Willst du die beiden etwa verkuppeln? Christina ist eine Touristin. Sie bleibt nicht lange.“

„Man kann nie wissen. André ist schon so lange allein. Es wäre doch schön, wenn er wieder eine Frau an seiner Seite hätte.“ Sie zog seinen Kopf leicht zu sich, bis sich ihre Lippen zärtlich berührten. Aus der zärtlichen Berührung wurde ein langer Kuss.

Danielle löste sich zuerst. „Hilfst du mir? Dann geht es schneller.“

Sechs

A m nächsten Morgen nach dem Frühstück packte Christina ihre restlichen Sachen aus. Sie fühlte sich frisch und ausgeruht. Wann hatte sie das letzte Mal so gut geschlafen? Nur einmal war sie kurz von einem bellenden Hund in der Ferne wach geworden, dann aber auch gleich wieder eingeschlafen.

Als alles verstaut war, stand sie da und schaute sich um. So und nun? Vier Wochen Urlaub. Was wollte sie alles unternehmen? Einfach erst mal raus, alles andere würde sich ergeben. Auf dem Weg zum Gartentor sah sie Danielle, die ihre Einkäufe vom Auto ins Haus brachte. Beide winkten und riefen sich ein *Salut* zu.

Christinas Weg führte in Richtung Touristbüro. Daneben lag eine kleine Buchhandlung, die bestimmt auch Zeitschriften verkaufte. Vielleicht fand sie dort etwas in deutscher Sprache. Als sie um die Ecke bog, kam ihr Loulou mit schnellen Schritten entgegen. Sie sah weder nach links noch nach rechts und ihr Gesichtsausdruck war bedrückt.

Christine begrüßte das Mädchen freundlich. „Hallo, Loulou. Wie geht es dir?"

„Salut, Madame. Mir geht es gut, danke."

„Ganz sicher?"

„Ja. Ich bin in Eile. Die Pause ist gleich vorbei und ich muss zurück in die Schule, bevor es jemand merkt." Loulou eilte weiter, ohne auf eine Antwort zu warten oder sich umzudrehen.

Nun gut, dachte Christina. Das Mädchen machte aber keinen glücklichen Eindruck. Sie war blass und ihre Augen schauten traurig. Gestern im Hotel war sie so gut drauf und hatte sie überschwänglich begrüßt.

In der Buchhandlung fand sie tatsächlich ein paar Zeitungen und ein Taschenbuch. Wann hatte sie das letzte Mal ein Buch in der Hand gehalten? Sie wollte sich heute Nachmittag in den Garten legen und lesen. Und was konnte sie sich heute Morgen noch anschauen? Wenn sie sich nicht täuschte und den Stadtplan richtig in Erinnerung hatte, musste sich links die Église Saint-Étienne befinden. Die Kirche war sicher einen Besuch wert.

Loulou war froh, dass sie Christina so schnell abwimmeln konnte. Die Mittagspause fing gleich an und da musste sie sich wieder auf das Schulgrundstück mogeln. Ob einer der Lehrkräfte etwas bemerkt hatte? Die Versetzung war jetzt schon gefährdet. Viel schlimmer konnte es nicht kommen. Aber was sollte sie machen? Sie musste ihrer Großmutter helfen, ihr ging es schon seit Tagen nicht gut. Grand-mère dachte, sie könnte das vor ihrer Enkelin verbergen, aber Loulou hatte es natürlich bemerkt. Die alte Dame machte öfter eine Pause und atmete schwer. Wenn Loulou sie fragte, winkte sie ab und sagte, dass sie schlecht geschlafen habe. Das Mädchen war besorgt. Was sollte sie machen, wenn ihre Großmutter tatsächlich das Hotel nicht mehr führen konnte?

Nachdem ihre Eltern vor vier Jahren bei einem Autounfall gestorben waren, hatte Grand-mère sie aufgenommen. Die Schwester ihrer Mutter lebte in der Bretagne und da wollte sie auf keinen Fall hin. Das Meer war nicht ihrs und das Wetter war ihr zu unbeständig. Außerdem war es schon schlimm genug, dass die Polizisten ihr und ihrer Großmutter damals die Nachricht vom Unfall überbrachten. Sie hatte erst gedacht, sich verhört zu haben. Sie konnten doch nicht ihre Eltern meinen.

Morgens hatte sie mit Mama und Papa doch noch gefrühstückt. Papa hatte viel gescherzt und sie damit zum Lachen gebracht. Anschließend ging sie zur Schule und ihre Eltern fuhren zu einer Cousine von Mama, die ihr erstes Kind bekommen hatte. Mama wollte unbedingt das Baby sehen. Mit dem Auto fuhren sie etwas eine Stunde und auf der Rückfahrt wurden sie von einem anderen Wagen überholt. Der Fahrer hatte den Gegenverkehr nicht beachtet und so kam es, dass er den Wagen ihrer Eltern von der Fahrbahn abdrängte und sie gegen einen Baum prallten. Ihr Vater war sofort tot, während ihre Mutter auf dem Weg ins Krankenhaus verstarb. Loulou wollte auf gar keinen Fall in die Bretagne. Das Jugendamt war erst skeptisch, als ihre Großmutter vorschlug, sich um das Mädchen zu kümmern. Nach vielem Hin und Her kam man überein, dass man es versuchen wollte. Also zog sie zu ihrer Großmutter in die kleine Wohnung über dem Hotel.

Loulou kam vor der Schule an, als sich gerade das Tor öffnete. Schülerinnen und Schüler, die ihre Mittagspause zu Hause verbrachten, strömten ihr entgegen. Ob sie tatsächlich nach Hause gingen, stand auf einem anderen Blatt. Oftmals saßen sie in Cafés oder Bistros, hörten Musik und erzählten sich ihre kleinen Abenteuer außerhalb von Schule und Familie. Sie drängelte sich gegen den Strom durch die Jugendlichen hindurch auf das Schulgelände und schlich geradewegs in Richtung Schulhof, als Monsieur Carbon aus dem Gebäude kam. Auch das noch.

„Loulou, ich habe dich in Mathe und Physik vermisst. Wo bist du gewesen?"

„Es tut mir leid, Monsieur. Ich musste meiner Großmutter helfen. Sie fühlte sich nicht wohl."

„Soso! Das wievielte Mal ist das?"

Loulou mochte Monsieur Carbon erst gar nicht ansehen, doch dann hob sie ruckartig den Kopf. „Es ging nicht anders. Es kommt nicht wieder vor!" Eigentlich fand sie ihren Mathelehrer ganz in Ordnung. Er war einer, mit dem man reden konnte. Aber in letzter Zeit hatte sie schon einige Stunden abgeklemmt und damit kam sie auch bei ihm nicht mehr mit durch.

„Hör zu, Loulou. Deine Versetzung steht auf der Kippe. Ich weiß nicht, wie du das in der kurzen Zeit schaffen willst." Er schaute sie ernst an. Von Loulou kam keine Antwort. „Du kannst gehen." Er machte eine leichte Kopfbewegung.

Ihre Schulfreundinnen warteten ein paar Meter weiter am Turnhalleneingang. Loulous Gang war schleppend und sie sah auf den Boden. Die Mädchen nahmen sie sofort in ihre Mitte und redeten auf sie ein.

Nach der letzten Unterrichtsstunde ging sie auf direktem Weg nach Hause. Ihre Großmutter saß an der Rezeption und blätterte Geschäftsbücher durch.

„Grand-mère, was tust du hier? Du solltest dich hinlegen." Sie kam ihr noch blasser vor als heute Morgen.

„Ich kann doch das Hotel nicht sich selbst überlassen. Die Tür hätte zugesperrt sein müssen. Was ist, wenn Gäste kommen?"

Im Stillen ahnte Madame Legrand, dass so schnell keine Gäste kommen würden. Dies war schon das dritte Jahr, in dem das Hotel rote Zahlen schrieb. Wie sollte es bloß weitergehen? Die wenigen Touristen, die einkehrten, blieben meist nur ein oder zwei Nächte. Sie wusste selbst, dass in dem Hotel einiges nicht mehr auf dem neuesten Stand war. Es mussten Reparaturen und Renovierungen durchgeführt werden. Aber wovon? Das wenige Geld, das das Hotel abwarf, reichte gerade für Loulou und sie zum Leben. Sie wollte nächste Woche noch einmal mit der Bank sprechen, in der Hoffnung, dass der bestehende Kredit aufgestockt werden konnte.

„Wie geht es dir jetzt, Grand-mère?"

„Es geht schon meine Kleine. Mach dir keine Sorgen." Madame Legrand lächelte und blätterte weiter in ihren Unterlagen.

Loulou schaute sie besorgt an und ging langsam in das Büro hinter der Rezeption. Sie musste unbedingt ihre Aufgaben für die Schule erledigen. In den letzten Tagen hatte sie viel zu viel schleifen lassen. Sie betete innerlich, dass sie noch Punkte für ihre Zeugniszensuren gutmachen konnte. Wenn sie in der Nähe blieb, war sie im Notfall schnell bei ihrer Großmutter. Man konnte ja nie wissen.

Binette Legrand blickte ihrer Enkelin hinterher. Die arme Kleine, immer sorgte sie sich. Ihr ging es seit einiger Zeit jedoch wirklich nicht gut. Sie fühlte sich schwach, das Atmen fiel ihr schwer und ab und zu wurde ihr schwindelig. Loulou sollte auf keinen Fall etwas bemerken. Sie konnte das Hotel nicht aufgeben und wollte es unbedingt so lange weiterführen, bis Loulou so weit war und es übernehmen konnte. Ihre Enkelin hatte ihr erklärt, dass das Haus, das schon lange in Familienbesitz war, erhalten werden musste. Sie wollte das Hotel gern weiterführen, aber das würde natürlich noch dauern.

Die alte Dame konnte sich noch genau daran erinnern, wie damals plötzlich die Gendarmerie vor der Tür stand und ihr mitteilte, dass ihre Tochter und ihr Schwiegersohn bei einem Autounfall ums Leben gekommen waren. Binette war fassungslos, hatte sie am Morgen noch mit beiden gesprochen. Sie hatte sich am Türrahmen festhalten müssen, weil sie das Gefühl hatte, der Boden würde sich unter ihr auftun. Keiner dachte in dem Moment an das Mädchen, an Loulou. Sie stand in der Küche und schaute durch einen kleinen Türspalt zur Wohnungstür. Sie hörte jedes Wort. Was bedeutete für ein Kind das Wort *tot*? Konnte es erfassen, dass es seine Eltern nie wiedersehen würde? Keine Mama, die ihr morgens die Haare kämmte und sie zärtlich auf die Stirn küsste, wenn sie zur Schule ging. Kein Papa, auf dessen Schoß sie klettern konnte und der ihr Geschichten erzählte, die sie zum Lachen brachten. Mit ihm hatte sie Spaziergänge am Gardon gemacht und sie hatten Steine im Flussbett gesucht. Ihr Schwiegersohn hatte immer ganz besondere für sein kleines Mädchen gefunden. Loulou hatte sie alle in ihrem Zimmer auf der Fensterbank liegen.

Sieben

Fast eine Woche war sie jetzt in Frankreich. Sie hatte überhaupt kein Zeitgefühl mehr und meinte, es wäre schon eine Ewigkeit. Das lag sicher daran, dass es ihr so gut wie lange nicht ging. Sie fühlte sich leicht und frei. Frankfurt war so weit weg. Nicht nur in Kilometern, sondern auch in ihr.

Sie liebte es, morgens auf der Terrasse zu frühstücken und die ersten Sonnenstrahlen zu genießen. Gestern hatte sie einen Ausflug nach Lussan unternommen, ein kleiner Ort auf einer Anhöhe oberhalb des Flusses Aiguillon. Sie hatte sich die Burg angesehen und war durch die Gassen geschlendert. Von hier oben konnte man einen fantastischen Blick über die Cevennen genießen. Die alten Häuser, überwuchert mit wildem Wein oder Kletterrosen, hatten es ihr angetan. Auf dem Place Jules Ferry hatte sie sich in ein Bistro gesetzt und einen Kaffee getrunken. Der Platz unter der alten Platane bot etwas Schatten, nur einzelne Sonnenstrahlen hatten sich den Weg durch die Blätterkrone gebahnt. Eine schwarze Katze hatte es sich in einem ausgedienten Blumenkübel am Nachbarhaus gemütlich gemacht. Die Gäste an den Nebentischen und deren verschiedenen Sprachen hatten das ganze Drumherum umso bunter erscheinen lassen.

Hier, in diesem kleinen Ort ein eigenes Häuschen mit blauen Fensterläden zu besitzen, die im Sommer die Hitze abhielten, und mit roten Kletterrosen an der Eingangstür, das wäre ein Traum. Aber eben doch nur ein Traum.

André hatte Maeli morgens zur Schule gebracht, während Flore früh zu ihren Eltern in die Camargue gefahren war. Ihre Mutter war unglücklich gestürzt und hatte sich den Arm gebrochen. Flore wollte nach dem Rechten sehen und ihr im Falle behilflich sein.

Das Mädchen wusste, wie es ihren Vater um den Finger wickeln konnte. Immer wieder bettelte sie, um noch fünf Minuten länger liegen bleiben zu können. Und auf einmal musste es schnell gehen. Im Bad spritzte das Wasser nach allen Seiten, die Zähne wurden nicht so geputzt wie sonst und die Haare hatten auch nicht viel Kontakt mit der Bürste. Gefrühstückt wurde im Stehen, zweimal vom Croissant abgebissen, einen großen Schluck Kakao und schon mussten beide los.

Genau mit dem Klingelzeichen rannte Maeli auf den Schulhof, wo ihre Freundinnen schon auf sie warteten. Sie schaute sich noch einmal um und winkte André zu. Er sah seinem kleinen Mädchen hinterher und fragte sich, wo die letzten Jahre geblieben waren. Wo war das süße Baby, das ihn anlachte, wenn er es vorsichtig im Arm hielt? Maeli war ein fröhliches Kind. Flore und er waren sich einig, dass ihre Kleine nie unter der Trennung leiden sollte. Das Mädchen besuchte ihn, wann immer sie wollte. Flore und er hatten keinen Plan aufgestellt, sondern Maeli entschied das allein. Auch in schulischen Dingen sprachen sich Flore und er ab und besuchten die Elternabende abwechselnd. Vor allen Dingen hatten die Streitereien zwischen ihnen aufgehört, die ihre Tochter belasteten.

Noch ein letzter Blick und er ging zurück in die Innenstadt. Gabriel hatte ihm gestern Abend eine lange Einkaufsliste in die Hand gedrückt.

Am Morgen hatte Christina den Botanischen Garten in Uzès besucht. Ein kleiner Kräutergarten mitten in der Altstadt, in dem es aromatisch nach Rosmarin, Thymian und vielen anderen Kräutern duftete. Jetzt wollte sie etwas durch die Altstadt bummeln und irgendwo einen Kaffee trinken. Sie stand vor dem Keramikladen mit den Töpfersachen aus Lussan. Gestern hatte sie es leider verpasst, die Töpferei zu besuchen. Sie wollte bereits weitergehen, als sie gegenüber André vor seinem Restaurant bedienen sah. Unbemerkt hatte sie genau diese Straße genommen.

Christina blieb stehen und beobachtete ihn, wie er sich sicher durch die Tische bewegte und für jeden Gast ein paar nette Worte hatte. Wenn er lachte, bildete sich eine kleine Falte auf seiner Nase zwischen den Augen. Ob sie vielleicht etwas essen sollte? Aber sie hatte noch gar keinen Hunger. Andererseits hätte sie schon gern ein paar Worte mit ihm gewechselt. In dem Moment hatte André sie entdeckt und hielt in der Bewegung inne. Ihre

Augen begegneten sich und keiner von beiden mochte als Erster den Blick abwenden.

„Hallo. Schön, Sie zu sehen."

„Hallo." Christina merkte, wie sie nervös wurde. *Warum bin ich eigentlich so aufgeregt?*, dachte sie. Innerlich schüttelte sie den Kopf über sich.

„Haben Sie sich schon eingelebt bei Danielle und Eric?" André wollte einfach nur etwas sagen, damit sie nicht weiterging.

„Aber ja, ich fühle mich sehr wohl dort."

In dem Moment rief Paul nach André. Er drehte sich um und winkte kurz zurück, als Zeichen, dass er gleich kommen würde.

„Darf ich Sie auf einen Kaffee einladen?" Irgendwie wollte er sie dazu bringen, dass sie noch etwas blieb.

Christina nickte schnell, als hätte sie darauf gewartet.

„Kommen Sie. Setzen Sie sich am besten dort hin. Da ist es ruhiger." Er zeigte auf einen Tisch an der Hauswand. André bat Paul, Christina einen Kaffee zu bringen.

Paul sah sie lächelnd an. „Schön, Sie wiederzusehen."

„Kommst du klar, Paul? Wenn was ist, gib Bescheid." Zu Christina gewandt sagte André: „Ich bin gleich wieder bei Ihnen. Nicht weglaufen." Dann war er im Restaurant verschwunden.

In der Zwischenzeit hatte Paul ihr einen Milchkaffee gebracht.

„So, da bin ich wieder." André stellte eine Wasserflasche und ein Glas auf den Tisch und setzte sich zu ihr. „Wie lange bleiben Sie?"

„Noch gut drei Wochen."

„Hätten Sie Lust auf eine Wandertour am Gardon?" André schaute sie erwartungsvoll an.

„Haben Sie überhaupt Zeit? Sie werden doch mit Sicherheit hier gebraucht."

„Ich bin der Chef. Ich habe ein eingespieltes Team." Er lachte und zwinkerte ihr zu.

„Dann gern." Christina rührte unentwegt in ihrer Tasse, ohne hinzuschauen. Ihr Blick ruhte auf seinen Händen. Er hatte schöne, kräftige Hände. Sie strahlten Vertrauen und Sicherheit aus. Viel zu schnell trank sie ihren Kaffee aus.

„Haben Sie vielen Dank für den Kaffee. Ich möchte Sie nicht weiter von der Arbeit abhalten." Beide standen fast gleichzeitig von ihren Stühlen auf.

„Würden Sie heute Abend mit mir essen gehen?" Er wollte sie nicht gehen lassen. Wer weiß, wann er sie das nächste Mal wiedersehen würde.

Christina hatte das Gefühl, hunderte Schmetterlinge tanzten in ihrem Bauch. „Ja", brachte sie hervor. „Wieder hier?"

„Nein. Kennen sie schon das *Le Zanelli*? Ich werde sie um 20 Uhr abholen."

Christina nickte. „Ich freue mich." Sie ging durch die Tische hindurch zum Place aux Herbes. Nach ein paar Schritten drehte sie sich um. André stand immer noch am selben Platz und schaute ihr hinterher. Das wurde langsam zur Gewohnheit. Sie hob leicht die Hand und winkte ihm zu.

Mit einem glückseligen Lächeln und ausgebreiteten Armen ließ sich Christina auf das Sofa fallen. Mein Gott, was für ein Abend. Sie spürte immer noch Andrés Kuss auf ihren Lippen. Stundenlang hätte sie mit ihm durch die schummrigen Straßen spazieren können. Seine Nähe fühlte sich so gut an. Sie dachte an die letzten Stunden zurück.

Pünktlich, wie verabredet stand er abends vor ihrer Tür. Lange vor der Zeit war sie schon fertig und wartete ungeduldig. Sie hatte hin und her überlegt, was sie anziehen sollte. Eine große Auswahl gab es nicht in ihrem Gepäck. Sie hatte ja nicht ahnen können, dass sie nach einer Woche mit einem gut aussehenden Mann zum Essen verabredet war. Zu Fuß gingen sie zu dem kleinen Restaurant an der Kirche Saint Etienne.

Das *Le Zanelli* lag abseits vom Touristenrummel und war trotzdem gut besucht. André hatte reserviert und der Kellner geleitete sie an einen Tisch am Rand des Platzes mit Blick auf die Kirche. Er zündete die Kerze auf dem Tisch an, obwohl die Sonne noch ihre letzten Strahlen zeigte, und legte zwei Speisekarten auf den Tisch.

Als der Kellner nach kurzer Zeit wiederkam, lagen die Karten nach wie vor unberührt da. Sie waren so vertieft in ihr Gespräch, dass sie alles um sich herum vergessen hatten. Auf seine Empfehlung bestellten beide den Fisch und einen trockenen Weißwein.

„Wie gefällt es dir hier in der Stadt?" Er war, ohne es zu merken, zum Du übergegangen.

„Ich habe das Gefühl, schon ewig hier zu sein und nicht erst eine Woche. Ich habe so viele nette und liebenswerte Menschen kennengelernt."

„Ich hoffe, da gehöre ich auch dazu", scherzte André und seine Augen blitzten schelmisch.

Das Gespräch wurde vom Kellner unterbrochen, der die Getränke auf den Tisch stellte. Danach erzählte sie von ihrer Familie und von Hamburg. Den Grund, warum sie später nach Frankfurt ging, ließ sie aus. Der spielte in ihrem Leben keine Rolle mehr. Zwischendurch wurde das Essen gebracht und auch während des Essens war beider Aufmerksamkeit immer bei dem Gegenüber. Was um sie herum passierte, nahmen sie nicht wahr.

André sprach von seiner Maeli. Aus seinen Worten hörte sie, wie er die Kleine liebte. Sie fand es bewundernswert, wie er und die Mutter seiner Tochter einen Weg gefunden hatten, miteinander umzugehen. Es war zwar nicht leicht gewesen, aber sie hatten es geschafft. Christina hatte sich bisher noch keine Gedanken gemacht, ob sie selbst einmal Kinder haben wollte. Bisher stand nur ihre Arbeit im Vordergrund. Aber wenn es einmal so weit sein sollte, ging es ihr durch den Kopf, dann sollten sie einen genauso liebevollen Vater haben wie André.

Die Sonne war längst untergegangen, die Laternen rings um den Platz tauchten die Tische in ein geheimnisvolles Licht. Von den Nachbartischen drangen die Stimmen verhalten und nur als Gemurmel zu ihnen.

Zum Abschluss tranken sie noch einen Kaffee. Andrés Hand tastete über den Tisch und umfasste vorsichtig Christinas Finger, ohne dabei den Blick von ihr zu wenden. Er tat es ganz zaghaft. Würde sie ihre Hand wegziehen?

„Sehen wir uns wieder?"

„Ja." Sie erwiderte seinen leichten Händedruck. „Aber du hast doch sicherlich viel zu tun. Die Hauptsaison fängt jetzt erst an." Christinas Hand lag in seiner.

„Mach dir da mal keine Gedanken."

Auf dem Rückweg hatte André wie selbstverständlich seinen Arm um ihre Schultern gelegt. Ihre Schritte hallten in den schmalen Gassen. Als sie vor dem Haus ankamen, gingen bei Danielle und Eric gerade die Lichter aus. Er begleitete Christina bis zur Tür und fasste ihre Hände. Keiner wollte den ersten Schritt machen und gehen. Die Luft hatte sich ein wenig abgekühlt und nach der Hitze des Tages fröstelte es Christina etwas. Oder war es die Aufregung?

André nahm sie in die Arme und sie ließ es zu. Ihr Kopf ruhte an seiner Schulter und sie roch den angenehmen Duft seines Rasierwassers. Sie hob den Kopf und schaute ihm in die Augen. Er beugte sich zu ihr herunter, bis seine Lippen ihre berührten.

Wie lange der Kuss gedauert hatte? Für sie eine gefühlte Ewigkeit. Sie hätte stundenlang in seinen Armen liegen können. Zögernd ließen sie schweren Herzens voneinander ab.

Irgendwo in der Nachbarschaft bellte ein Hund. Sie saß auf dem Sofa und hatte keine Lust, ins Bett zu gehen. Ohnehin konnte sie nicht schlafen. Christina zog die Beine hoch, deckte sich mit einer leichten Wolldecke zu und wider Erwarten war sie nach einem kurzen Augenblick doch eingeschlafen.

Danielle hing vor dem Haus Wäsche auf, als Christina am nächsten Morgen um die Ecke kam.

„Bonjour." Christina ging auf sie zu.

„Na, du strahlst ja so. Hattest du gestern einen netten Abend?"

Christina entfuhr ein sehnsuchtsvoller Seufzer. „Ja, das kann man so sagen." Sie lächelte verträumt vor sich hin. Dann griff sie in den Wäschekorb und reichte Danielle die Wäsche zu.

„Christina, schau bitte mal unauffällig zur Straße", flüsterte Danielle. „Hast du das Auto schon mal gesehen?" Sie tat, als ob nichts wäre, und klemmte mit einer Wäscheklammer das nächste Stück auf die Leine.

„Was? Warum?"

„Schau bitte einmal hin. Bitte!"

Mit zusammengezogenen Augenbrauen und so natürlich wie möglich drehte sich Christina um. Sie sah ein schwarzes Auto am Straßenrand stehen. Es parkte nicht direkt vor dem Haus. Ob jemand drinnen saß, konnte sie durch die getönten Scheiben nicht erkennen.

„Ja, und? Meinst du das Auto?"

„Es steht nicht zum ersten Mal hier und es steigt nie jemand aus."

„Bist du schon mal hingegangen?" Sie behielt das Auto im Blick.

„Nein, natürlich nicht."

„Na, dann wollen wir doch mal sehen." Mit energischen Schritten ging sie den Kiesweg zur Straße.

„Christina, nicht! Bleib hier!"

Ohne sich beirren zu lassen, lief sie weiter. Als sie

durch das Gartentor auf das Auto zumarschierte, wurde der Motor angelassen und der Wagen fuhr davon.

„Hallo!" Sie drehte sich um und sah André, der auf sie zukam. „Was ist los?"

Christina erzählte ihm kurz, was sie von Danielle gehört hatte und dass das Auto weggefahren war, als sie darauf zuging. „Alles sehr merkwürdig."

„Ah, spielst du ein wenig Chef de Police?", scherzte André lachend und gab ihr einen Kuss.

„Ach du..." Mit gespielter Entrüstung versetzte sie ihm einen Schubs.

„Siehst du, das bringt alles nichts." Danielles Stimme klang besorgt. „Ich weiß nicht, was das soll."

„Wenn das Auto wieder dasteht, rufst du einfach die Polizei. Dann wird man ja sehen." Andrés Vorschlag konnte Danielle nicht wirklich trösten.

„Ich wollte mit Christina zum Pont du Gard. Können wir dich allein lassen?"

„Natürlich. Macht Euch einen schönen Tag. Ich komme schon klar."

„Bin gleich zurück", rief Christina und lief schnell ins Haus.

Nach ihrer Rückkehr hatte sie die Sommersandalen gegen festes Schuhwerk eingetauscht und einen Rucksack auf dem Rücken.

Acht

Das Blaulicht war schon von weitem zu sehen. Der Verkehr kam nur im Schneckentempo auf dem Boulevard Gambetta voran. Ganz vorn stand ein Krankenwagen und blockierte die Straße.

Christina und André hatten zusammen den Vormittag am Pont du Gard verbracht. André war ein hervorragender Reiseführer, der einiges über den Pont du Gard wusste. Reiseführer in Buchform waren ihr ein Gräuel, weil diese vor Zahlen in Form von Kilometern, Einwohnerzahlen, Höhenmetern und weiß der Himmel was strotzten. Sie hatte es genossen, seinen kleinen Anekdoten zu lauschen.

Der alte Olivenbaum rechts am Pont du Gard hatte es ihr angetan und zog sie magisch an. Wie alt mochte er sein? Sie hatte den Baumstamm mit beiden Armen umschlungen und mit geschlossenen Augen ihren Kopf an seinen alten Stamm gelegt. Die Rinde war rau und warm. Es ging eine Ruhe von ihm aus, die sich auf Christina übertrug. Sie schaute hoch in die Baumkrone und streichelte über die Rinde. Ohne ein Wort zu sagen, gingen André und sie Hand in Hand weiter.

Bevor sie sich auf den Rückweg machten, hatten sie an der rechten Uferseite im *Les Terrasses* noch einen Kaffee getrunken. Sie machten sich erst auf den Rückweg, nachdem André Christina das Versprechen gab, bald wieder hierherzukommen.

Sie kamen dem Krankenwagen immer näher. Auf einmal sah Christina Loulou aus dem Haus sausen und hinter ihr die Sanitäter mit einer Trage.

„Halt an!" Sie setzte sich aufrecht hin und legte André beschwörend eine Hand auf den Arm, ohne das Geschehen vor ihr aus den Augen zu lassen.

„Was ist los?" Er blickte fragend zu ihr rüber.

„Bitte! Lass mich raus! Ich muss zu Loulou! Mit Madame Legrand ist etwas nicht in Ordnung." Christina griff schon zur Tür. Sie sprang aus dem Wagen, kaum dass er zum Stehen kam, und beugte sich noch einmal ins Wageninnere. „Wir telefonieren."

Dann rannte sie durch die wartenden Autos auf die andere Seite des Fußweges auf den Krankenwagen zu. André schaute ihr hinterher. Die Wagen vor ihm fuhren langsam an und die hinter ihm begannen zu hupen.

„Ja doch!" Er musste weiter.

„Loulou!"

Das Mädchen drehte sich um, als sie ihren Namen hörte. Sie erkannte Christina und lief aufgeregt auf sie zu.

„Was ist passiert? Was ist mit deiner Großmutter?"

„Ich weiß es nicht. Sie lag auf einmal da und rührte

sich nicht mehr." Loulou konnte vor Aufregung kaum sprechen. Ihre Augen waren rot vom Weinen und rote Flecken breiteten sich auf ihren Wangen aus.

Christina nahm das Mädchen in den Arm. Sie zitterte am ganzen Körper. Beide nahmen gar nicht wahr, dass sie den Passanten im Weg standen. Vorne am Krankenwagen hatte sich eine Traube von neugierigen Menschen gebildet, die sehen wollten, was passiert war. Ein Polizist bat die Passanten, zurückzutreten und nicht im Weg zu stehen. Widerwillig machten sie einen Schritt nach hinten.

„Kann ich dir helfen? Wenn ich irgendetwas für euch tun kann, Loulou, dann sag Bescheid."

„Christina, kannst du mit ins Krankenhaus kommen? Ich habe Angst." Ihre Stimme war so leise, dass Christina sie bei dem Verkehr kaum verstehen konnte. Wo sie vor ein paar Minuten noch rote Wangen hatte, überzog jetzt eine Blässe ihr Gesicht. Das Mädchen sah erbarmungswürdig aus. Aus dem selbstbewussten, kecken Teenager war ein kleines hilfloses Mädchen geworden.

„Wenn die Sanitäter nichts dagegen haben, begleite ich dich." Christina legte ihr den Arm um die Schulter und sie gingen gemeinsam zum Krankenwagen. Dort wechselte sie ein paar Worte mit dem Fahrer. Er war sehr verständnisvoll und ließ beide hinten einsteigen. Madame Legrand lag angeschnallt auf der Trage, die Augen geschlossen. Sie war keine große Frau, aber jetzt sah sie noch viel kleiner und zusammengefallener aus. Der Sanitäter saß neben ihr und kontrollierte Puls und Blutdruck. Loulou streichelte zärtlich die Hand ihrer Großmutter.

Im Krankenhaus warteten Christina und Loulou auf dem Gang, während Madame Legrand untersucht wurde. Die Zeit wollte nicht vergehen. Das Mädchen konnte nicht still sitzen und lief immer den Gang auf und ab. Vor der Tür zur Notaufnahme blieb sie stehen und schaute ängstlich auf die Milchglasscheibe. Was dahinter wohl geschehen mochte? Die Tür blieb jedoch zu.

„Was mache ich, wenn sie nicht mehr gesund wird? Wenn sie stirbt?" Tränen rannen ihr über die Wangen, als sie die Worte aussprach. „Ich habe doch nur noch sie." Sie schniefte so erbärmlich, dass Christina das Mädchen in den Arm nahm.

„So weit wollen wir gar nicht denken. Die Ärzte werden alles Mögliche tun, glaub mir."

Beide setzten sich wieder und ihre Blicke saugten sich gegenüber an der kahlen Wand fest, als stünden dort die Antworten auf ihre vielen Fragen. Loulou fasste nach Christinas Hand. Sie saßen da und warteten, die Ungewissheit war furchtbar. Christina kannte Madame Legrand und Loulou noch nicht lange, aber Großmutter und Enkeltochter waren ihr von Anfang an sympathisch.

Ihr Handy klingelte in der Tasche. Es war André, der sich erkundigte, ob alles in Ordnung war. In kurzen Worten schilderte sie ihm leise die Situation. Sie wollte sich später bei ihm melden.

Am Ende des Ganges ging die Tür mit der Milchglasscheibe auf und Christina und Loulou sprangen sofort auf. Das Mädchen rannte dem Arzt entgegen, der auf sie zukam. Christina ging ihr nach, hielt sich aber im Hintergrund. Sie wollte bei ihr sein, falls die Informationen nicht so ausfallen sollten, wie sie sich erhoffte.

„Was ist mit meiner Großmutter? Ist es schlimm? Wird sie wieder gesund?" Sie hatte wieder die hektischen roten Flecke im Gesicht. Ihre Augen sahen den Arzt flehentlich an. Christina legte ihr fürsorglich den Arm um die Schulter.

„Kommen Sie, wir setzen uns." Mit der einen Hand dirigierte der Arzt Loulou zur Stuhlreihe, die andere hatte er in die Tasche seines weißen Kittels gesteckt. „Mein Name ist Dr. Garcia. Sind Sie die Mutter der jungen Dame?"

„Nein, ich..." Sie kam ins Stottern. Ja, was war sie eigentlich? Was sollte sie sagen? Normalerweise würde sie über den Gesundheitszustand von Madame Legrand gar keine Auskunft erhalten. Sie gehörte nicht zur Familie. „Ich bin eine Freundin der Familie. Ich kümmere mich um ihre Enkeltochter, so lange sie im Krankenhaus ist." Zur Bekräftigung ihrer Worte fasste sie Loulous Hand.

Loulou rutschte mit ängstlichen Blicken auf der Stuhlkante hin und her und ließ den Arzt nicht aus den Augen. Der wandte sich wieder an das Mädchen.

„Die Untersuchungen haben gezeigt, dass deine Großmutter einen Schlaganfall hatte. Wir müssen abwarten, bis sie wieder aufgewacht ist, dann machen wir verschiedene Tests. Vorher können wir noch nichts Genaues sagen."

„Wird sie wieder gesund?" Das war für Loulou das Allerwichtigste.

„Sie ist außer Lebensgefahr. Alles andere müssen wir abwarten. Gehen Sie nach Hause, im Moment können Sie nichts tun."

„Bitte, ich möchte gern bei ihr bleiben."

Der Arzt schüttelte den Kopf. „Sie liegt auf der Intensivstation. Kommen Sie morgen wieder."

Sie schaute den Arzt mit Tränen in den Augen an. Er nickte ihr aufmunternd zu und tätschelte ihre andere Hand.

„Komm, wir gehen. Morgen früh kommen wir wieder und schauen, wie es deiner Großmutter geht."

Sie bedankte sich bei dem Arzt und ging mit Loulou durch die Gänge. Sie versuchte, sich zu orientieren. Als sie vor einigen Stunden hier ankamen, hatten sie keinen Blick für ihre Umgebung, sondern sind einfach immer nur im Laufschritt dem Hinweis *Notaufnahme* gefolgt.

Draußen blieben sie stehen. Hier war alles wie immer, als ob nichts gewesen wäre. Die Sonne schien, Autos fuhren auf den Parkplatz, ein Taxi hielt vor dem Eingang. Menschen gingen hinein, andere kamen heraus, einige mit erleichtertem Gesichtsausdruck, einige mit bedrücktem. Alles schien wie immer, und doch war von einem Moment auf den anderen für Loulou eine Welt zusammengebrochen.

„Du kommst heute mit zu mir." Christinas Stimme klang entschlossen. „Du bekommst mein Bett und ich schlafe auf dem Sofa." Loulou nickte nur apathisch und war froh, heute Nacht nicht allein sein zu müssen.

Christina öffnete leise die Schlafzimmertür und schaute durch einen Spalt hinein. Endlich war Loulou eingeschlafen. Ihre langen blonden Haare lagen ausgebreitet auf den Kissen und ihre Gesichtszüge hatten sich entspannt. Sie schlief tief und fest.

Nach der Rückkehr aus dem Krankenhaus hatte sie wie ein Häufchen Elend mit verweinten Augen, die Hände verkrampft im Schoß liegend, auf dem Sofa gesessen. Nach vielen Überredungskünsten aß sie ein paar Happen, dann wollte sie sich nur noch ins Bett legen. Christina bezog das Bett neu und zeigte ihr das Badezimmer. Eine ganze Weile klang noch ihr Weinen aus dem Schlafzimmer.

Die Terrassentür stand auf, noch hatte es sich nicht groß abgekühlt. Der Garten verströmte seinen Duft, Christina sah zum Himmel hoch und überlegte, ob sie André anrufen sollte. Das Restaurant war noch nicht geschlossen und er hatte bestimmt genug zu tun. Sie hatte den Gedanken gerade zu Ende gedacht, als ihr Handy klingelte. Andrés Name erschien auf dem Display und sie nahm das Gespräch sofort an. Im Hintergrund hörte sie zunächst Stimmengewirr.

„Hallo. Ich habe gerade an dich gedacht", waren ihre ersten Worte.

„Das war wohl Gedankenübertragung." Es war so schön, seine warme Stimme zu hören. „Wie geht es dir?"

Sie erzählte ihm, wie der Tag für Loulou und sie verlaufen war. Sie kannten sich erst so kurz und trotzdem hatte sie das Gefühl, mit ihm über alles sprechen zu können.

„Morgen erfahren wir mehr. Hoffentlich wird alles gut. Ich wünsche es ihr so sehr."

„Dann schlaf jetzt. Wir hören oder sehen uns morgen." Leise sagte André: „Ich vermisse dich."

„Ich dich auch." Zu gern würde sie jetzt in seinen Armen liegen.

Neun

Am nächsten Morgen musste sie sich erst besinnen, warum sie auf dem Sofa lag. Dann fiel ihr der gestrige Tag ein. Hoffentlich ging es Madame Legrand heute besser. Sie mochte sie gern, denn sie erinnerte sie an ihre Oma, die vor einigen Jahren verstorben war.

Wie mochte es Loulou heute gehen? Einerseits wollte sie sich erwachsen verhalten und andererseits war sie ein ängstlicher, verunsicherter Teenager. Was kein Wunder war, immerhin hatte sie niemanden mehr außer ihrer Großmutter.

Ein Geräusch ließ Christina aufhorchen und sie setzte sich auf. Hatte sie gestern Abend vergessen, die Terrassentür zu schließen? Eine leise Stimme erklang und danach ein wohliges Knurren von draußen. Das hörte sich nach Beau an, aber die Stimme gehörte nicht zu Leo.

Sie ging barfuß hinaus. Vor ihr auf dem Boden saß Loulou und neben ihr der lang ausgestreckt Beau, der sich genüsslich von ihr den Bauch kraulen ließ. Sein Schwanz wedelte hin und her und seine braunen Hundeaugen waren auf das Mädchen fixiert.

„Du bist ja schon auf." Christina lehnte am Türrahmen.

„Ja, schon eine ganze Weile. Ich konnte nicht mehr schlafen. Ich möchte zu Grand-mére."

„Lass uns wenigstens eine Kleinigkeit frühstücken, anschließend fahren wir. Ich gehe schnell ins Bad." Sie verschwand nach drinnen und kurze Zeit darauf rief sie zum Frühstück. Auf dem Tisch standen Brioche, Konfitüre, Butter und eine große Tasse Milchkaffee. Loulous Stimmung war gedrückt, sie aß nur wenige Happen und war froh, als sie endlich losfahren konnten.

Im Krankenhaus mussten sie sich erst durchfragen, bis sie den netten Arzt vom Vorabend gefunden hatten.

„Deine Großmutter ist aufgewacht."

Loulou strahlte über das ganze Gesicht. „Wie geht es ihr?" Sie war ganz aufgeregt und ließ keinen Blick von Doktor Garcia.

„Sie hatte Glück. Keine Lähmungen, keine Sprachschwierigkeiten. Es ist alles noch mal gut gegangen."

„Darf ich zu ihr?"

„Sie braucht noch Ruhe. Aber du kannst für ein paar Minuten zu ihr. Sie hat schon nach dir gefragt." Der Arzt lächelte nachsichtig. „Den Gang runter, Zimmer 14 auf der rechten Seite."

Loulou eilte in die gezeigte Richtung. Sie drehte sich kurz um und rief: „Danke." Dann lief sie weiter, immer mit dem suchenden Blick auf die Zimmernummer. Vor der Nummer 14 blieb sie stehen und klopfte leise an, bevor sie sie öffnete.

Christina blicke Loulou hinterher. „Danke für alles." Sie reichte dem Arzt die Hand. Um dem Mädchen und ihrer Großmutter Zeit füreinander zu geben, setzte sie sich auf einen Stuhl gegenüber der Zimmertür.

Nach einem kurzen Moment betrat sie vorsichtig das Krankenzimmer und blieb an der Tür stehen. Keine der beiden hatte sie bemerkt. Das Mädchen saß auf der Bettkante und streichelte die blasse, kleine Hand ihrer Großmutter. Die große Erleichterung war ihr am Gesicht abzulesen. Sie konnte sich gut in sie hineinversetzen. Genauso war es ihr ergangen, als ihr Vater vor vier Jahren mit einem Herzinfarkt im Krankenhaus lag. Zu der Zeit wohnte sie noch in Hamburg, sodass ihre Mutter und sie sich täglich am Krankenbett abgewechselt hatten. Arbeiten war für beide kaum möglich gewesen, doch ihre Mutter konnte die Galerie nicht schließen und Christina hatte Termine, die nicht aufschiebbar waren. Sie waren so erleichtert, als das Schlimmste überstanden und ihr Vater auf dem Weg der Besserung war.

„Loulou, meine Kleine." Ein schwaches Lächeln schlich sich auf Madame Legrands Gesicht. „Habe ich dich erschreckt? Es tut mir leid."

„Du musst dich nicht entschuldigen. Hauptsache, du wirst schnell gesund und bist bald wieder zu Hause."

„Das wird wohl noch etwas dauern. Der Arzt möchte, dass ich nach dem Krankenhausaufenthalt zur Kur fahre. Aber das geht nicht. Du kannst unmöglich so lange allein bleiben. Wenn das Jugendamt mitbekommt, dass du allein bist, wird es damit nicht einverstanden sein."

„Ich geh nirgendwohin." Loulou sprang aufgebracht vom Bett auf. „Ich bleibe zu Hause, bis du wieder da bist.

Oder..." Ihre Stimme stockte und suchend glitt ihr Blick zur Tür. Christina stand dort immer noch. Sie wollte die Zweisamkeit von Großmutter und Enkelin nicht stören. „Kann ich nicht bei dir bleiben?"

Madame Legrand bemerkte Christina und hob schwach die Hand. „Kommen Sie ruhig näher, Madame Bauer. Ich hätte Sie lieber unter anderen Umständen wiedergesehen."

„Großmutter, ich war heute Nacht bei Christina. Kann ich nicht bei ihr bleiben, bis du wiederkommst?" Loulou war Feuer und Flamme. Ihrer Meinung nach war das eine grandiose Idee. Auf keinen Fall wollte sie für die Abwesenheit ihrer Großmutter vom Jugendamt irgendwo untergebracht werden. Wer weiß, wo sie da hinkam. Vielleicht konnte sie dann ihre Großmutter nicht besuchen oder die Familie war fürchterlich und zu ihrer Tante wollte sie schon gar nicht.

„Das kommt überhaupt nicht infrage, ma chérie. Madame Bauer macht hier Urlaub. Wir können Sie unmöglich darum bitten."

„Madame Legrand, schön, dass es Ihnen ein wenig besser geht."

„Christina, bitte!" Loulou sah sie flehentlich mit Tränen in den Augen an.

„Loulou, wir dürfen deine Großmutter nicht aufregen. Du kannst heute bei mir übernachten und wir besprechen alles heute Abend."

„Was mache ich bloß mit den Gästen, die sich für morgen angekündigt haben? Ich habe ihnen nicht absagen können."

Christina schaute Madame Legrand beruhigend an.

„Ich werde mich darum kümmern. Alles Weitere werden wir sehen. Jetzt ruhen Sie sich erst mal aus."

„Ich komme morgen wieder, Grand-mére." Loulou beugte sich zu ihr und gab ihr einen Kuss auf die Wange.

Auf dem Weg zum Auto versuchte Christina das Mädchen zu trösten. „Siehst du, alles wird gut." Loulou nickte glücklich. „Wir holen deine Schulsachen und danach bringe ich dich zur Schule."

Das Lachen gefror Loulou im Gesicht. „Das wird meinem Lehrer nicht gefallen, wenn ich jetzt erst auftauche."

„Warum? Du sagst ihm einfach, was los ist."

„Ich habe in letzter Zeit öfter gefehlt, wenn Grand-mére krank war. Er wird mir nicht glauben."

„Wenn dem so ist, dann lassen wir uns morgen vom Krankenhaus eine Bescheinigung geben. Los jetzt, Sachen holen und ab in die Schule."

Nachdem sie ihr Auto geparkt hatte, wollte Christina nachsehen, wie es Danielle ging. Diese war gestern so beunruhigt über das schwarze Auto, dass sie fast ein schlechtes Gewissen hatte, sie alleingelassen zu haben. Im Flur rief sie ihren Namen.

„Hier bin ich." Die Stimme kam aus der Küche. Das war der kühlste Raum im Haus. Die Sonne schien den ganzen Tag nicht herein und doch war es sehr gemütlich. In der Mitte stand ein runder Tisch mit vier Stühlen und darauf ein Krug mit Blumen aus dem Garten.

„Salut. Magst du auch einen?" Danielle hielt eine Kaffeekanne in der Hand."

„Gern. Den kann ich jetzt brauchen."

„Warum? Was ist los?"

Sie berichtete, was sich in den letzten vierundzwanzig Stunden ereignet hatte. Eigentlich sollte es nur eine Kurzversion werden, doch Christina musste sich alles von der Seele reden.

„Und was willst du jetzt machen?", fragte Danielle, als sie zum Ende gekommen war.

„Ich gehe morgen ins Hotel. Mal sehen, wann die Gäste ankommen und wie lange sie bleiben werden. Das Frühstück zubereiten und das Zimmer machen, werde ich wohl können. Kann Loulou hier bei mir bleiben oder ist das ein Problem für dich?"

„Nein natürlich nicht. Wolltest du nicht eigentlich Urlaub machen?" Danielle hatte recht.

„So viel Arbeit wird das sicher nicht. Ich mache mir vielmehr Gedanken, was passiert, wenn das Jugendamt erfährt, dass Loulous Großmutter im Krankenhaus ist. Vielleicht wird sie dann woanders untergebracht. Das will sie auf gar keinen Fall. Oder wie ist das hier bei euch?"

„Das weiß ich ehrlich gesagt auch nicht. Warte doch erst mal ab." Danielle stand auf und holte die Kaffeekanne. Sie goss noch einmal nach und stellte etwas Gebäck dazu.

„War denn das mysteriöse Auto wieder da?" Christina knabberte an einem Keks.

„Nein, zum Glück nicht, und ich hoffe, es bleibt so."

„Vielleicht habe ich ihn vertrieben mit meinem Auftritt." Sie konnte sich ein Grinsen nicht verkneifen und beide Frauen prusteten los.

Christinas Handy klingelte. Sie nahm das Gespräch an und errötete. „Salut, wie gehts dir?"

„Das wollte ich dich gerade fragen." Andrés Stimme klang besorgt.

„Loulous Großmutter geht es besser. Ich wollte mittags zu dir kommen und dir alles erzählen. Ich bin gerade bei Danielle."

„Prima, dann sehen wir uns später. Ich freu mich."

„Ah", neckte Danielle sie und zwinkerte ihr zu. „Da ist aber jemand sehr verliebt, was?"

„Ergibt das überhaupt Sinn? Ich reise in drei Wochen wieder ab." Christina schaute geknickt.

„Die Liebe fragt nicht nach dem Sinn. Liebe will gelebt werden. Genieß es, alles andere findet sich."

„Vielleicht hast du recht. Danke für den Kaffee." Sie warf Danielle eine Kusshand zu, bevor sie das Haus verließ.

Sie beobachtete das Treiben in der Fußgängerzone. Die Menschen schlenderten durch die Straße, die Sonne schien, sie wollten Neues kennenlernen und die schönsten Wochen des Jahres genießen. Genau wie sie.

André kam mit zwei großen Tellern Pasta und Paul folgte ihm mit zwei Gläsern Rotwein. „So, nun erzähl mal. Was war los?"

Christina erzählte ihm von ihrer ersten Übernachtung im Hotel, wie sympathisch sie Loulou und deren Großmutter fand und abschließend vom gestrigen sowie heutigen Tag und dass sie den beiden einfach helfen wollte. Vor lauter Reden musste sie aufpassen, dass sie das Essen nicht vergaß und die Pasta kalt wurde.

„Und wie soll es weitergehen? Loulou kann jetzt erst

einmal bei dir übernachten. Aber die nächsten Wochen, bis ihre Großmutter wieder zu Hause ist?"

Christina seufzte. „Ich weiß es ehrlich gesagt nicht. Morgen früh gehe ich ins Hotel und empfange die Gäste. Mal abwarten, wie lange sie bleiben wollen und dann sehe ich weiter."

Die Tische vor dem Restaurant waren in der Zwischenzeit vollständig besetzt und Paul hatte alle Hände voll zu tun. Mit schnellen Schritten balancierte er die Teller und die Getränke auf dem Tablett durch die Tischreihen. Kaum hatte er etwas abgestellt, schnellte irgendwo eine Hand hoch und er ging zu den nächsten Gästen.

„Ich glaube, ich muss jetzt auch mal was tun." André erhob sich. „Die Rechnung geht aufs Haus." Er zwinkerte ihr zu.

Christina lachte. „Nicht, dass dein Lokal noch pleitegeht."

„Sehen wir uns heute Abend?"

Sie nickte ihm freudestrahlend zu und trank in aller Ruhe ihren Wein aus. Nebenbei beobachtete sie André, wie er mit den Gästen sprach. Er hatte eine Art an sich, sodass sich jeder gleich wohl fühlte und annahm, man würde sich schon lange kennen und ganz besonders bevorzugt.

Zehn

Loulou saß auf der Terrasse unter dem Sonnenschirm. Sie hatte den Kopf aufgestützt und ihr Blick glitt lustlos über ihre Bücher. Eigentlich musste sie Hausaufgaben machen, doch sie konnte sich nicht konzentrieren. Ihre Gedanken schweiften immer wieder zu ihrer Großmutter ab. Sie war froh, dass die letzten beiden Schulstunden ausgefallen waren. Ihre Freundinnen wollten sie überreden, mit ihnen etwas trinken zu gehen, aber sie hatte keine Lust, was ungewöhnlich war.

Sie wollte Christina fragen, ob sie abends noch einmal ins Krankenhaus fuhren. Ihr war ein Stein vom Herzen gefallen, dass sie bei ihr bleiben konnte – fragte sich nur, wie lange. Nie wäre sie in so ein komisches Heim oder eine Pflegefamilie gegangen. Sie wollte wieder mit ihrer Großmutter zusammen sein. Die Vorstellung, dass ihre Großmutter irgendwann einmal nicht mehr da sein würde, war unvorstellbar.

Diese blöden Matheaufgaben. Sie wollten ihr heute nicht gelingen. Dabei machte Mathematik ihr nie etwas aus, es war ihr stärkstes Fach.

Heute Morgen hatte sie Monsieur Carbon vor dem Klassenraum abgepasst, so wie Christina es ihr gesagt hatte. Mit seiner braunen, abgewetzten Ledertasche unter dem Arm kam er den Gang herunter, die Ärmel seines blauen Hemdes hatte er hochgekrempelt. Kleine Schweißperlen standen auf seiner Stirn. Loulou stand am Fenster.

Er kam auf sie zu und fragte, warum sie nicht in der Klasse sei. Vor Aufregung hatte sie gestottert, kleine hektische Flecke bildeten sich auf ihrem Gesicht. Sie erzählte schnell in kurzen Sätzen, was passiert war. Dann stand sie da, den Kopf gebeugt, die Schultern nach oben gezogen, die Arme hingen an ihrem Oberkörper herunter, als wartete sie auf ein Donnerwetter. Nichts dergleichen geschah. Monsieur Carbon hatte gesagt, dass es ihm leidtue und er ihrer Großmutter alles Gute wünsche, aber auch, dass ihre Noten in letzter Zeit schlecht bis sehr schlecht ausgefallen waren. Nicht nur in seinen Unterrichtsfächern. Ob es für eine Versetzung reichen würde, das konnte er ihr nicht versprechen. Er wollte sehen, was er in der Zeugniskonferenz erreichen konnte. Loulou nickte bloß, schaute ihn an und bedankte sich zerknirscht.

Christina jonglierte mit zwei großen Einkaufstüten unter dem Arm, sodass ihr nur nichts herunterfiel. Mit einem gekonnten Hüftschwung gab sie der Haustür einen Schubs. Diese fiel lauter ins Schloss als beabsichtigt. Sie stellte die Tüten auf den Küchentresen und sah Loulou auf der Terrasse sitzen, den Kopf über die Bücher gebeugt.

„Hallo, du bist ja schon da."

„Die letzten zwei Stunden sind ausgefallen." Sie blickte verbissen nach unten, dabei kaute sie am Ende ihres Stiftes herum.

Christina setzte sich neben sie. „Was haben die Lehrer gesagt? Hast du ihnen erklärt, warum du gestern nicht in der Schule gewesen bist?"

„Mm." Die langen blonden Haare verdeckten ihr Gesicht.

„Gehts auch in ganzen Sätzen? Lass dir doch nicht alles aus der Nase ziehen."

„Ist doch eh alles egal!" Loulou sprang auf und dabei kippte der Stuhl nach hinten um. „Ich bleibe sitzen und muss ein ganzes Jahr wiederholen. Was soll ich denn noch groß erklären?" Sie schmiss ihren Stift auf die Bücher und lief ins Haus.

Christina blieb verdutzt zurück. Da kam alles zusammen: Trauer, Verzweiflung, Wut. Was konnte sie einem jungen Mädchen sagen, das gerade in einem tiefen Loch feststeckte? Sie hatte überhaupt keine Erfahrung damit. Bis jetzt hatte sie immer nur mit Erwachsenen zu tun. Wie ein Teenager tickt, das wusste sie nicht. Sie ging Loulou hinterher. Im Wohnzimmer saß das Mädchen mit angezogenen Beinen auf dem Sofa. Den Kopf versteckte sie zwischen den Knien.

Sie setzte sich neben sie. „Hey, können wir reden?"

„Mmmm", kam es hinter den langen Haaren hervor, die sich wie ein Vorhang vor ihr Gesicht gelegt hatten.

Christina strich ihr behutsam eine Strähne aus dem Gesicht. „Ich weiß, dass es dir gerade nicht gut geht. Einfach ist es schon gar nicht. Aber warte doch erst einmal ab. Vielleicht kannst du ja noch etwas an deinen Zensuren machen. Schreibt ihr noch Arbeiten?"

„Mmmm."

„In welchen Fächern?"

Loulou hob den Kopf, ihre Augen standen voller Tränen. „Literatur, Englisch und Mathematik." Die Antwort kam stockend und schniefend. In den Händen knetete sie ein Taschentuch.

Vorsichtig rutschte Christina an sie heran und fasste nach ihren Händen. „Bereite dich auf die Arbeiten besonders gut vor und du kannst deinen Notendurchschnitt bestimmt noch ändern"

Das Mädchen nickte und schnaubte kräftig in ihr Taschentuch.

„Und wenn du die Versetzung geschafft hast, egal wie, dann kann es im nächsten Jahr doch nur besser werden. Oder?"

Wieder kam nur ein zaghaftes Nicken.

„Wollen wir noch mal zu deiner Großmutter fahren?" Liebevoll streichelte sie ihr über die Schulter.

Als Loulou das hörte, strahlten ihre Augen. „Ja. Bitte."

Auf dem Weg vom Krankenhaus nach Hause hatte Christina ein ausgelassenes und fröhliches Mädchen neben sich. Sie redete ohne Unterbrechung und war so selig, dass es ihrer Großmutter besser ging. Wie hieß es: Glück vermehrt sich, wenn man es teilt. Loulou war glücklich und so war es Christina auch.

Das Radio spielte ein Lied, das Loulou aufhorchen ließ. „Kennst du das?"

Sie drehte die Lautstärke höher. „Das ist der angesagte Hit in der Schule." Sie begann auf dem Sitz zu tanzen und mitzusingen. „*Je veux de l'amour, de la joie...*"

„Sag mal, macht es dir was aus, wenn ich heute Abend zu André gehe?" Sie hatte eigentlich nicht vorgehabt, Loulou zu fragen. Schließlich war sie kein kleines Kind mehr. Aber da sie vor zwei Stunden noch so am Boden zerstört war, meldete sich ihr schlechtes Gewissen.

„Quatsch, geh nur. Ich bin doch kein kleines Kind mehr."

Sie parkte das Auto in der Einfahrt und schlug die Autotür zu, als im selben Moment Danielle aufgeregt mit schnellen Schritten auf sie zukam. „Christina! Hast du ein paar Minuten?" Sie war aufgewühlt, ihre Stimme vibrierte und sie sprach undeutlich.

„Ja, natürlich." Loulou machte Zeichen, dass sie schon ins Haus gehen würde.

„Der Mann aus dem schwarzen Auto war da!" Ihre Hände nestelten fahrig am Saum ihrer Strickjacke.

„Wie? Da?"

„Na ja. Da. Drin. Bei mir drin und wollte mit mir sprechen." Sie wurde ungeduldig und ihre Stimme überschlug sich fast.

„Wer war er? Was wollte er?" Sie fasst Danielle vorsichtig am Arm und dirigierte sie zu der Bank, die vor dem Haus stand. „Erzähl schon! Was wollte er?"

Danielle erzählte, dass er plötzlich im Flur stand, als sie aus dem Garten kam. Er fragte nach Beau. Wo sie ihn her hätten, wie lange schon und wie alt er sei. Der Mann sagte, dass er auch mal so einen Hund hatte und dass er vor einigen Jahren verschwunden sei, genau in dieser Gegend. Sie hatten mit ihrem kleinen Zirkus ein paar Vorstellungen in Uzés gegeben und auf der Fahrt zum nächsten Ort sei er fortgelaufen. Die Tür seines Zirkuswagens, in dem der Hund lag, war nicht fest verschlossen und öffnete sich während der Fahrt. Dass der Hund nicht mehr da war, wurde viel zu spät bemerkt. Alle Zirkusleute hatten nach dem Tier gesucht, aber vergebens. Durch Zufall hatte er Beau und Leo in der Stadt gesehen. Der Zirkus war wieder da und hatte das Zelt außerhalb der Altstadt auf dem großen Festplatz aufgeschlagen.

„Da kommt dieser Mann einfach in unser Haus, ohne zu klingeln. Er steht mitten im Flur und tischt mir so eine Geschichte auf. Da kann ja jeder kommen."

„Und wie sah er aus?", fragte Christina neugierig.

Danielle schüttelte sich. „Nicht gerade vertrauenserweckend. Er war vollkommen in Schwarz gekleidet. Sein Gesicht konnte ich nicht richtig erkennen, das hat der große Hut verdeckt. Er hatte diesen komischen Bart, einen Moustache. Das ist so ein Oberlippenbart mit langen Enden, die nach oben gezwirbelt sind, und der Bart am Kinn war lang und dicht."

Sie hatte Angst vor diesem Mann, das merkte Christina ihr an.

„Der bekommt Beau nicht. Ich werde nicht klein beigeben!" Danielle setzte sich kerzengerade hin. Sie hatte so schnell gesprochen, dass sie erst einmal tief durchatmen musste. Ihre Stimme hatte wieder Kraft bekommen. „Kämpfen werde ich. Jawohl. Wir werden nicht zulassen, dass man uns Beau wegnimmt. Dann muss er erst einmal beweisen, dass der Hund ihm gehört."

„Und er hat nicht gesagt, was er nun wirklich wollte?"

„Als ich ihn das gefragt habe, hat er nur mit den Schultern gezuckt und gesagt, dass er sich das noch überlegen müsse. Er würde wiederkommen. Dann hat er sich umgedreht und ist gegangen."

„Sehr merkwürdig, dieser Mensch."

„Er kann uns doch nicht einfach Beau wegnehmen. Als wir ihn fanden, hatte er kein Halsband um. Wir haben überall Aushänge gemacht und gefragt, ob jemand einen Hund vermisst. Bei der Polizei haben wir nachgefragt. Nichts! Und jetzt kommt dieser Mann nach Jahren und sagt, dass das aller Wahrscheinlichkeit nach sein Hund sei." Danielle schlug mit der Hand auf den Tisch. „NEIN!"

„Hallo, was ist denn hier los? Gibt es ein Problem?" Eric kam den Gartenweg entlang. Er schaute verwundert die beiden Frauen an, die ihn nicht bemerkt hatten.

„Das lass dir mal von deiner Frau erzählen. Ich habe eine Verabredung", sagte Christina und wandte sich wieder an Danielle. „Wir sehen uns, Kopf hoch."

Eric beugte sich zu seiner Frau und gab ihr einen Kuss. „Was ist los?"

Danielle erhob sich. „Komm mit. Ich erzähle es dir drin."

Elf

Die Sonne schien ins Fenster und sie blinzelte, bevor sie die Augen öffnete. André lag dicht bei ihr. Seinen Kopf hatte er auf einen Arm gestützt und schaute sie an. „Hey." Zärtlich fuhr er ihr mit dem Zeigefinger über den Nasenrücken und zeichnete ihre Lippen nach.

„Hey." Christina küsste seinen Finger. „Bist du schon lange wach?"

„Eine ganze Weile." Er bedeckte ihre nackten Schultern mit Küssen.

„Wie spät ist es?"

André warf einen Blick auf den Wecker auf seiner Seite. „Sechs Uhr."

Sie rekelte sich. „Um sieben muss ich gehen. Ich möchte zu Hause sein, wenn Loulou aufsteht. Danach will ich ins Hotel."

„Aber wir frühstücken noch gemeinsam?" Nach jedem Wort gab er ihr einen Kuss."

„Wenn du mich genauso verwöhnst wie gestern Abend." Sie rutschte noch näher zu ihm und kuschelte sich in seine Arme.

„Dann will ich doch mal sehen, was ich machen kann." André verschwand unter der Decke und bedeckte ihren ganzen Körper mit kleinen Küssen.

Sie lachte und wand sich unter seinen Berührungen, bis er wieder auftauchte und ihr einen nicht enden wollenden Kuss gab. Nur schwer konnten sie voneinander lassen. Zärtlich strich er ihr über das Haar, ohne zu vergessen, ihr einen allerletzten Kuss auf die Nasenspitze zu geben.

Anschließend zog er seine Jeans an, ging barfuß mit nacktem Oberkörper zum Fenster und zog die Gardinen auf. Christina schaute auf Andrés Rücken. Er hatte eine tolle Figur, das musste man ihm lassen, durchtrainiert und kein Gramm Fett zu viel.

„Du kannst noch fünf Minuten liegen bleiben. Ich rufe dich dann."

Christina lag glücklich in den Kissen. Sie dachte an den gestrigen Abend.

Als sie zum Restaurant kam, hatte Paul sie nach oben geschickt. Sie kam gar nicht dazu, zu klingeln. André erwartete sie schon an der offenen Wohnungstür. Sie hatte ihn so vermisst, das spürte Christina in dem Moment, als er sie in den Arm nahm.

André hatte sich extra freigenommen und für sie gekocht. Ein verführerischer Duft strömte aus der Küche. Er führte sie ins Wohnzimmer, die Tür zum Balkon war geöffnet und das Stimmengemurmel vom Restaurant drang nach oben. Im Hintergrund spielte leise Musik. Der Tisch war festlich gedeckt, er zündete eine Kerze an und schenkte Wein ein.

Nach dem Essen, während er den Kaffee zubereitete, sah sie sich die Fotos an der Wand an. Ein älteres Ehepaar im Garten. Ob das seine Eltern waren? Ein kleines blondes Mädchen, das musste seine Tochter sein.

Den Kaffee tranken sie auf dem Balkon. Arm in Arm saßen sie auf der Bank mit den bunten Kissen. Sie wollten sich spüren und den anderen am liebsten nie mehr loslassen. Einen kurzen Moment kam ihr der Gedanke an die Abreise, die in fast drei Wochen bevorstand. Aber schnell schob sie ihn von sich. In dieser Zeit konnte viel passieren.

Das Klappern des Geschirrs unten im Restaurant war irgendwann immer leiser geworden und die Gäste waren gegangen. Sie hörten, wie Paul die Tische und Stühle zusammenstellte. Er sprach mit Gabriel, beide verabschiedeten sich. Paul schloss die Tür des Restaurants ab und es wurde still in der Straße. Nur die Laterne auf der gegenüberliegenden Straßenseite verbreitete ein schummriges Licht, in dem die Mücken tanzten.

André und sie sprachen nicht, um die romantische Stimmung nicht kaputtzumachen. Sie spürte seine warmen Finger im Nacken, die sie zärtlich streichelten. Ein wohliger Schauer rann ihr über den Rücken. André musste dies bemerkt haben. Er beugte sich zu ihr und küsste sie. Seine Zunge suchte ihre und der Kuss wurde leidenschaftlicher. Beide erhoben sich gleichzeitig. André nahm ihre Hand und zog sie ins Schlafzimmer. Dort standen sie sich gegenüber und ihre Augen konnten nicht voneinander lassen. Er öffnete die Knöpfe ihres Kleides, einen nach dem anderen ganz langsam. Ihre

Küsse wurden immer fordernder. Sie schlüpfte aus den Ärmeln ihres Kleides und ließ es einfach fallen. Seine Finger glitten von ihrem Hals über die Arme und ihre Brüste bis hin zum Bauchnabel. Sie fühlte heute noch den Schauer von gestern Abend. Er zog sie vorsichtig an sich und er vergrub seinen Kopf in ihren Haaren. Sie hörte seinen Atem immer schneller werden. Zum Bett waren es nur drei Schritte und was danach kam, war für sie beide unvorstellbar gewesen.

Christina hatte die Augen geschlossen. Diese Nacht würde sie im Leben nie vergessen. Egal, was passieren würde.

„Hey, nicht wieder einschlafen. Frühstück ist fertig."

Eine leise Stimme drang an ihr Ohr. Als sie ihre Augen öffnete, sah sie Andrés Lächeln über sich. „Gib mir fünf Minuten. Ich beeile mich." Sie sprang auf und ohne sich etwas überzuziehen, rannte sie ins Bad.

André ließ sich auf das Bett fallen und sah an die Decke. Mein Gott, ging es ihm durch den Kopf, sie war im richtigen Moment erschienen. Womit hatte er das verdient? Er fühlte sich so lebendig wie lange nicht mehr.

Danielle saß am Küchentisch, den Kopf in die Hände gestützt. Vor ihr stand ein Becher mit Kaffee. Sie war müde, ihre Augen brannten und alle Knochen taten ihr weh. Dabei war sie gestern Abend wie immer schlafen gegangen.

Eric war eine halbe Stunde später zu ihr ins Bett gekommen. Sie lag dicht bei ihm und er hatte seinen Arm über ihren Bauch gelegt. Eric war ihr Fels in der Brandung.

Sie wusste, dass sie sich immer auf ihn verlassen konnte. Er würde sie und Leo bis aufs Blut verteidigen. Seine Nähe beruhigte sie ungemein. Er hatte ihr einen Kuss auf die Stirn gegeben und ihr eine gute Nacht gewünscht.

„Ich liebe dich." Seine Stimme klang schon schlaftrunken. Es hatte nicht lange gedauert und Danielle hörte seine tiefen und gleichmäßigen Atemzüge, die zeigten, dass er eingeschlafen war.

Sie lag mit geschlossenen Augen da, aber fand einfach nicht in den Schlaf. Vorsichtig, um Eric nicht zu wecken, schob sie seinen Arm zur Seite und drehte sich auf den Rücken. Ihr Blick auf den Wecker zeigte, dass erst dreißig Minuten vergangen waren, seit Eric ins Schlafzimmer gekommen war. Ihr Blick wanderte in dem halbdunklen Zimmer hin und her. Durch die Gardinen sah sie das Licht der Straßenlaterne. Die Zeit verging wie zähes Kaugummi.

Der Mann aus dem Zirkus ging ihr einfach nicht aus dem Kopf. Es war keine Angst. Wütend war sie, wenn sie an ihn dachte. Wenn er Beau tatsächlich wiederhaben wollte, was sollte sie Leo sagen? Wenn sie es nicht verstand, wie konnte es dann ein kleiner Junge verstehen? Eric war der Meinung, dass sie abwarten sollten. Bevor sie nicht genau wüssten, was der Mann vorhatte, hätte es keinen Zweck, sich verrückt zu machen. Leichter gesagt als getan.

Vorsichtig stand sie mitten in der Nacht auf, so geräuschlos wie möglich, öffnete die Schlafzimmertür und ging barfuß runter in die Küche. Sie hatte Durst und trank aus der Flasche, die neben dem Kühlschrank stand.

Dabei schaute sie aus dem Fenster und im Mondschein sah sie draußen im Garten die Blumen und den Tisch unter der Linde, an dem sie vor ein paar Tagen mit Christina und André unbeschwert gesessen hatte.

Ihre Nachbarin, die alte Flo, ließ wie immer ihren Hund noch einmal raus, bevor sie zu Bett ging. Danielle hörte, wie sie nach ihrem kleinen dicken Petrus rief. Das Tier war schon alt, von ihr total verhätschelt und war schwerhörig.

Aus heiterem Himmel tauchte bei ihrer Familie plötzlich so ein Zirkusmensch auf und brachte alles durcheinander. Als sie daran zurückdachte, wie Christina auf das Auto zugelaufen war und den Mann lauthals zur Rede stellen wollte, musste sie lächeln. Es war ein komisches Bild.

Danielle hatte die Flasche auf ihren Platz zurückgestellt und ging wieder nach oben. Sie schlich ins Schlafzimmer. Als sie im Bett lag, legte Eric wieder seinen Arm über sie.

„Hey, was ist los? Warum schläfst du nicht?", murmelte er.

„Alles gut. Schlaf weiter." Danielle gab ihm einen Kuss. Richtig schlafen konnte sie trotzdem nicht. Im Halbschlaf wälzte sie sich hin und her, sodass sie dann doch nicht mitbekam, wie Eric aufstand.

Völlig gerädert nach dieser unruhigen Nacht weckte sie Leo. Als sie in die Küche kam, war der Frühstückstisch gedeckt und auf ihrem Teller lag ein Zettel, auf dem stand *Je t'aime*. Diese Worte kamen im richtigen Moment. Ihr wurde ganz warm ums Herz und die letzten Stunden waren vergessen.

Als Leo endlich am Frühstückstisch saß, musste sie ihn immer wieder ermahnen, sich zu beeilen. Nach dem letzten Happen brachte sie ihn zur Haustür und Beau trottete hinterher. Der Junge verabschiedete sich von seinem vierbeinigen Freund und umarmte ihn dreimal. Endlich war er auf dem Weg zur Schule. Der Hund stand an der Haustür und sah ihm hinterher. Danielle schickte ihn auf seinen Platz unter der Treppe.

Gerade wollte sie die Tür schließen, als ihr Blick zur Straße ging. *NEIN!* Nicht schon wieder. Das schwarze Auto, da stand es wieder. Sie stieß die Haustür auf und rannte in ihrem alten schlabbrigen Lieblingsjogginganzug, der schon etwas aus der Form war, von dem sie sich aber nicht trennen mochte, über die Kiesauffahrt auf die Straße. Ihre Hände zu Fäusten geballt, alle Muskeln angespannt und mit einem wütenden Blick stand sie neben dem Wagen und klopfte fordernd an die Scheibe. Als sich nichts rührte, klopfte sie noch einmal fester. Der Zirkusmann wandte langsam den Kopf und sah sie an. Geräuschlos senkte sich die Scheibe.

„Was wollen Sie hier verdammt noch mal!" Danielles Augen sprühten Funken.

„Ich weiß es noch nicht." Die Betonung lag auf dem Wörtchen *noch* und seine Stimme klang für sie beklemmend.

„Wie, Sie wissen es nicht?" Ihre Stimme überschlug sich fast. „Was heißt, sie wissen es nicht? Dann überlegen Sie es sich gefälligst! Aber nicht hier! Und wenn Sie eine Entscheidung gefällt haben, dann kommen Sie wieder! Doch ich kann Ihnen jetzt schon sagen, dass der Hund bei uns bleibt. So einfach geben wir ihn nicht her!" Danielle machte auf dem Absatz kehrt und ging aufgebracht mit hocherhobenem Kopf wutschnaubend wieder zurück zum Haus. Beau stand in der Tür. „Beau, ab ins Haus. Allez!"

Zwölf

Nachdem sie sich frisch gemacht hatte, eilte Christina zum Hotel. Als sie in der Halle stand, überkam sie ein bedrückendes Gefühl. Es gab nichts Schlimmeres als ein leeres Hotel. Sie kam sich vor wie in einem Geisterhaus. In ein Hotel gehörte Leben, Telefongeklingel, frische Blumen und Gäste, die an- oder abreisten.

Christina öffnete überall die Fenster, sodass die Morgenluft den abgestandenen Geruch in den Räumen vertreiben konnte. Das Zimmer, das sie vor ein paar Tagen noch selbst bewohnt hatte, sollten die neuen Gäste bekommen. Die große Flügeltür zum Garten war geöffnet und der betörende Blumenduft entfaltete sich im Zimmer. Das Bett war frisch bezogen und im Bad hingen saubere Handtücher. Sie würde nur etwas Staubwischen müssen.

In der Küche schaute sie nach den Vorräten und stellte fest, dass sie unbedingt einkaufen musste. Christina hatte bei ihrem Besuch im Office de Tourisme einen Supermarkt am Ende der Straße gesehen.

Von weitem hörte sie unvermittelt das Telefon klingeln. Sie lief zur Rezeption und nahm zögernd den Hörer ab. Zuerst dachte sie, sie hätte sich verhört. Aber so weit reichte ihr Französisch und es wurde von Tag zu Tag besser. Es war eine neue Buchung und somit war ihre Hilfe doch nicht mit drei Tagen abgetan. Diese Gäste trafen übermorgen ein und sie wollten vier Tage bleiben.

Die Tür ging auf und der Postbote legte die Briefe auf den Tresen, hob freundlich seinen Zeigefinger an die Mütze zum Gruß und verschwand wieder. Richtig, die Post. In den letzten Tagen war sicher noch mehr gekommen. Draußen am Eingang fand Christina einen Postkasten. Der dazugehörende Schlüssel war am Schlüsselbund. Sie leerte den Kasten und packte alles zu den anderen Briefen.

Auf dem Gehweg vor dem Laden reihten sich Obst- und Gemüsekisten aneinander. Sie suchte verschiedene Obstsorten aus, um für die Gäste zum Frühstück einen frischen Obstsalat zuzubereiten.

Ein Mann in einem weißen Kittel, der über seinem runden Bauch spannte, lehnte an der Eingangstür. Er hatte schütteres Haar und trug eine Nickelbrille. Die Hände in die Hosentaschen geschoben, kaute er auf einem Streichholz herum. Ab und zu grüßte er freundlich nickend vorbeigehende Passanten. Mit einigen hielt er einen kurzen Schwatz. Trotz allem beobachtete er jeden ihrer Handgriffe ganz genau.

Christina sah sich das Gemüse in den Kisten an. Sie entschied sich für eine Gurke zu ihrem Obst und auch ein paar Tomaten wanderten in den Einkaufskorb.

„Bonjour, Madame." Der Mann im weißen Kittel nahm das Streichholz aus dem Mund und steckte es in die

Tasche. „Wenn ich Ihnen behilflich sein kann, lassen Sie es mich wissen."

„Bonjour, Monsieur." Christina betrat den Laden und versuchte, sich zu orientieren, damit sie auch ja nichts vergaß. Als sie zur Wurst- und Käsetheke kam, war Monsieur schon dort. Sie suchte etwas Käse und Schinken aus und er packte es ihr vorschriftsmäßig ein.

„Pardon, Madame. Ich habe Sie hier noch nie gesehen. Sind Sie in Urlaub in unserer wunderschönen Stadt?"

Aha, dachte Christina, er hatte sie die ganze Zeit neugierig beäugt und sich wohl Gedanken gemacht, wer sie war und woher sie kam.

„Eigentlich schon, aber eigentlich auch nicht." Wollte sie ihn doch noch ein wenig zappeln lassen.

„Wie darf ich das verstehen?" Er schaute sie mit geneigtem Kopf und großen Augen über den Rand seiner Brille an und reichte ihr das Paket über die Ladentheke.

Irgendwie war Monsieur ihr sympathisch, sonst hätte sie ihn kalt lächelnd abblitzen lassen. „Ich helfe im Hotel *Le Pond d'Or* aus."

„Ich habe gehört, dass Madame Legrand im Krankenhaus ist. Wie geht es ihr?"

„Es geht ihr wieder besser. Sie wird bald wieder entlassen." Sie wollte nicht zu viel erzählen. Wer wusste, ob es Madame Legrand recht war.

„Die arme Binette. Grüßen Sie sie, wenn Sie sie sehen. Von Monsieur Fournier. Sagen Sie einfach von Monsieur Fou, dann weiß sie Bescheid." Er begleitete Christina zur Kasse. Dort stand er einen Moment unschlüssig und machte keine Anstalten, die Ware abzukassieren.

„Sie helfen tatsächlich im Hotel aus?", fragte er. Er drückste herum und Christina sah ihm an, dass ihm irgendetwas sichtlich unangenehm war. „Wissen Sie, Madame, ich helfe gern. Wirklich. Binette und ich, wir kennen uns unser ganzes Leben. Na ja, fast." Er schmunzelte verlegen. „Binette hat bisher auch immer alle Rechnungen bezahlt. Bestimmt hat sie es nur vergessen, doch die letzten zwei Rechnungen stehen noch aus."

Christina sah in erstaunt an.

„Nichts für ungut", sprach Monsieur Fou schnell weiter, „es ist nicht viel. Nur muss auch ich sehen, wo ich bleibe. Die Zeiten sind für kleine Geschäftsleute wie mich nicht einfach." Er hob bedauernd die Schultern.

„Ich werde mich darum kümmern, Monsieur Fournier und mit Madame Legrand sprechen. Das wird sich sicher schnell aufklären." Zwei Rechnungen nicht bezahlt, hatte Madame finanzielle Probleme? Ob Loulou etwas wusste? Sie wollte das Mädchen nicht noch mehr in Angst und Schrecken versetzen.

Beim Bezahlen stellte Christine fest, dass der Einkauf doch mehr war als gedacht. Wie sollte sie das alles mit ihrer Tasche ins Hotel bekommen?

Monsieur bemerkte ihr Zögern. „Madame, möchten Sie die Ware geliefert bekommen? Dann müssen Sie jetzt nicht so schwer tragen?"

„Das würden Sie tatsächlich machen, Monsieur Fournier?"

„Aber selbstverständlich, Madame. Und für Sie Monsieur Fou, bitte."

Christina fühlte sich geschmeichelt. Dabei kannte sie Monsieur noch nicht mal zehn Minuten. Sie bedankte sich und fragte ihn nach einem Blumenladen, bevor sie das Geschäft verließ. Er trat mit ihr vor die Tür und zeigte rechts den Boulevard hinauf. Sie erinnerte sich, dass sie dort bereits vorbeigegangen war.

„Salut!" Mit Schwung stellte Loulou die Tasche hinter die Rezeption. „Rate, was ich im Vokabeltest habe." Sie schaute Christina freudig und erwartungsvoll an. „Na komm, rate!"

„Eine Drei." Sie war vorsichtig.

„Nein! Falsch! Eine Zwei!" Das Mädchen strahlte und hüpfte vor Freude auf der Stelle wie ein kleines Kind.

„Gratuliere." Christina freute sich mit ihr. So wie es aussah, war Loulou auf einem guten Weg. Sie hatte sich die letzten zwei Tage hingesetzt und wirklich viel gelernt. Jetzt, wo sie wusste, dass ihre Großmutter auf dem Weg der Besserung war, hatte sie wieder einen freien Kopf. Vielleicht schaffte sie die Versetzung doch noch.

„Du hast Blumen hierhergestellt." Loulou schaute auf den Gladiolenstrauß, der in der Halle auf dem kleinen Tisch am Fenster stand.

„Gefällt es dir nicht?"

„Doch sehr. Wir hatten hier lange keine Blumen stehen."

„Na, dann schau mal in den Frühstücksraum." Christina ging voraus, den kleinen Gang entlang und öffnete die Doppeltür. „Wie findest du es?"

Auf den Tischen lagen frische weiße Tischtücher und alle waren mit dem hübschen Geschirr mit blassblauen Blüten eingedeckt, welches Christina in dem großen

Schrank entdeckt hatte. Dazu passten die rosafarbenen Löwenmäulchen in den kleinen Vasen.

„Wow. Danke." Loulou umarmte Christina.

„Wofür das denn?"

„Dafür, dass du da bist und du das alles für mich und Grand-mére machst. Das hättest du nicht müssen. So lange kennen wir uns noch nicht und immerhin wolltest du Urlaub machen und jetzt arbeitest du hier."

„Das empfinde ich nicht als Arbeit. Es macht mir sogar Spaß."

Bevor sie beide sentimental wurden, hörten sie ein lautes *Hallo*. Sie drehten sich um und sahen Monsieur Fou in der Halle stehen. Ohne seinen weißen Kittel und mit der Schirmmütze hätte Christina ihn fast nicht erkannt.

„Hallo, die Damen, ich bringe die Einkäufe. Macht mir jemand die Hintertür auf?"

„Wird sofort erledigt." Loulou lief in Windeseile zur Küche und nahm die Ware entgegen und weil sie diejenige war, die wusste, wo alles hingehörte, ging Christina ihr zur Hand.

Danach schauten sie die Post durch. Was Werbung war, wanderte gleich in den Papierkorb und Briefe, die wichtig aussahen, wollten sie am nächsten Tag mit ins Krankenhaus nehmen. Madame Legrand musste wenigstens einen Blick darauf werfen, nicht dass etwas Dringendes liegenblieb und auf eine Entscheidung wartete.

„Sag mal, Loulou, hat deine Großmutter finanzielle Probleme?", fragte Christina.

Das Mädchen hielt in der Bewegung inne und sah sie mit großen Augen an. „Nicht, dass ich wüsste. Wie kommst du darauf?"

„Monsieur Fournier sprach mich an, dass die beiden letzten Rechnungen von ihm noch nicht bezahlt seien."

„Das kann ich mir nicht vorstellen. Grand-mére hat immer alle Rechnungen bezahlt."

Irgendwo klingelte ein Handy. Damit war das Thema fürs Erste erledigt.

„Das ist meins." Christina schaute sich suchend um. „Verflixt, wo habe ich es hingelegt?" Sie fand es schließlich neben dem Telefon an der Rezeption. „Ja, hallo?"

„Hallo, meine Liebe. Wie geht es dir?"

„Mama? Nanu, was gibts denn?" Damit hatte sie überhaupt nicht gerechnet. Es war doch hoffentlich nichts passiert.

„Was es gibt? Du hast dich nicht gemeldet, da darf ich doch mal anrufen und fragen, wie es meiner Tochter geht."

„Mir geht es gut, Mama. Danke."

„Na, davon kann ich mich ja bald selbst überzeugen. Ich bin in dreißig Minuten da."

„Was?" Ein verzweifelter Blick ging an die Decke. Was wollte ihre Mutter hier?

„Keine Sorge, du bist mich in ein paar Tagen wieder los. Ich bin nur auf der Durchreise nach Marseille. Dort treffe ich mich mit einem Maler. Seine Bilder werden ab Herbst in meiner Galerie ausgestellt."

Loulou warf ihr fragende Blicke zu.

„Treffen wir uns bei dir? Dann musst du mir deine Adresse geben."

„Nein, Mama. Ich bin gar nicht zu Hause. Bitte komm ins Hotel *Le Pond d'Or*."

„Ich dachte, du hast dir eine Wohnung genommen?" Ihre Mutter war verwundert.

„Ja, habe ich. Das erkläre ich dir später." Sie gab ihrer Mutter die Adresse durch und beendete das Gespräch. „Puh, meine Mutter kommt."

„Ist das so schlimm?"

„Nein eigentlich nicht, aber wir wissen nicht, was in den nächsten Tagen hier auf uns zukommt. Zum Glück bleibt sie nicht lange."

„Na also." Loulou schwang sich fröhlich auf den Schreibtisch. „Und was machen wir jetzt?"

„Nichts. Schau mal." Christina machte eine leichte Kopfbewegung zur Tür, die in dem Moment aufging.

„Bonjour, Madame et Monsieur."

Dreizehn

Die Formalitäten mit den Gästen hatte Christina schnell erledigt. Sie begleitete sie persönlich zu ihrem Zimmer. Auf dem Weg zurück zur Halle hörte sie schon die Stimme ihrer Mutter. Frau Bauer stand an der Rezeption in einer cremefarbenen Leinenhose und einer weißen Bluse und unterhielt sich mit Loulou. Ihre mittellangen braunen Haare wurden mit einem bunten Seidentuch zusammengehalten. Wie immer passte alles hundertprozentig. Sie überließ nichts dem Zufall.

„Ich sehe, ihr habt euch schon bekannt gemacht." Christina küsste ihre Mutter auf beide Wangen.

„Hallo, mein Kind. Lass dich anschauen." Sie ging auf Armeslänge zurück und musterte sie von Kopf bis Fuß. „Gut siehst du aus. Aber was machst du hier? Die junge Dame", sie schaute zu Loulou, „hat mir ja schon ein wenig erzählt."

„Komm, ich mach uns einen Kaffee. Loulou, hältst du hier die Stellung?"

Das Mädchen nickte und Christina ging mit ihrer Mutter in den Frühstücksraum. Sie bereitete in der

Küche am Kaffeeautomaten zwei Kaffee zu. Loulou hatte ihr dieses Riesenteil zwar erklärt, aber für sie war es immer noch eine Höllenmaschine, das einen ohrenbetäubenden Lärm machte. Vielleicht müsste der auch mal erneuert werden.

Christina berichtete kurz und knapp, was in den letzten Tagen passiert war. Frau Bauer hörte aufmerksam zu, ohne ihre Tochter zu unterbrechen. Nur von André erzählte Christina nichts, das war zu früh. Was am Ende des Urlaubs sein würde, stand noch in den Sternen.

„Eigentlich wolltest du dich erholen, stattdessen leitest du ein Hotel", erwiderte ihre Mutter am Ende ihrer Erzählung. In ihrer Stimme schwang dieser gewisse Unterton mit, wenn ihr etwas nicht behagte. Sie sprach den Vorwurf nicht laut aus, aber die Betonung jedes einzelnen Wortes sagte alles.

„Leiten ist zu viel gesagt, Mama. Das ist nur ein kleines Frühstückshotel und mit dir sind gerade mal drei Zimmer belegt. So schlimm ist das nicht. Und vor allen Dingen ist das eine ganz andere Arbeit als im Verlag. Das kannst du nicht miteinander vergleichen."

„Na schön. Wenn du das sagst." Ihre Mutter war nicht ganz überzeugt.

„Dann zeige ich dir jetzt dein Zimmer. Du ruhst dich etwas aus und zum Abendessen hole ich dich ab. Ist das in Ordnung?"

Die Sonnenstrahlen bahnten sich ihren Weg durch das Laub und die Zikaden zirpten. Sie lag ausgestreckt auf der Liege im Garten, die Arme lang über ihren Kopf ausgestreckt und blinzelte in die Sonne. Es war noch Zeit, bis sie ihre Mutter zum Essen abholte.

André war enttäuscht gewesen, als Christina ihm am Telefon gesagt hatte, dass sie sich heute nicht sehen konnten. Er hatte versucht, es zu verbergen, aber sie hatte es bemerkt und nun lag sie hier und hatte ein schlechtes Gewissen und Sehnsucht nach ihm. Der Abend gehörte ihrer Mutter. Sie ahnte, dass sie neugierig war und natürlich wissen wollte, wie es ihr ging und wie sie hier lebte.

Loulou saß im Wohnzimmer am Küchentresen und arbeitete für die Schule. Endlich hatte sie zwei gute Noten bekommen und ihr Ehrgeiz war geweckt. Nun wollte sie auch die Versetzung schaffen. Madame Legrand würde ein Stein vom Herzen fallen.

„Isst du mit meiner Mutter und mir?" Christina griff zu ihrer Tasche und den Schlüsseln.

Das Mädchen schaute von ihrer Arbeit auf. „Nein, ich habe mich mit Dodo verabredet. Wir gehen Pizza essen."

„Dann bis später. Salut."

Christina kam mit zwei Baguette aus der Bäckerei, als sie von weitem bereits ihre Mutter vor dem Hotel stehen sah. In ihrem wadenlangen blauen Kleid mit weißen Streifen sah sie viel jünger aus.

„Hallo, Mama. Warum hast du nicht drinnen gewartet? Stehst du schon lange hier?" Ohne auf eine Antwort zu warten, hakte sie sich bei ihr ein und dirigierte sie über den Boulevard durch die Autos hindurch.

Danielle nahm vor dem Haus Wäsche ab, als Christina mit ihrer Mutter den Kiesweg heraufkam.

„Mama, ich möchte dir gern Madame Dubois, meine Vermieterin vorstellen."

Danielle stand mit dem Rücken zu ihnen, als beide Frauen auf sie zu gingen. Sie war so in Gedanken vertieft, dass sie sie nicht bemerkte.

„Danielle, darf ich dir meine Mutter vorstellen? Sie besucht mich für ein paar Tage."

Erschrocken schaute sie sich um. „Christina, entschuldige. Ich habe dich nicht bemerkt." Sie hoffte, dass man ihr die durchwachte Nacht nicht ansah. Ihr Gesichtsausdruck sollte entspannt und freundlich rüberkommen. Christina und Danielle begrüßten sich mit einer kurzen Umarmung.

„Danielle, das ist meine Mutter. Mama, das ist Danielle Dubois."

„Enchanté, Madame. Schön, dass ich sie auch kennenlerne."

Irgendetwas stimmte mit Danielle nicht. Christina sah sie genauer an, während sie sich mit ihrer Mutter unterhielt. Sie versuchte krampfhaft, natürlich zu wirken. Auch wenn sie sich noch nicht so lange kannten, sie merkte es sofort. Ihr Gesicht war blass und ihre Bewegungen wirkten fahrig und sie räusperte sich dauernd. Das kannte Christina nicht von ihr. Dann wollte sie Danielle mal schnell von ihrer Mutter erlösen.

„Komm, Mama, Danielle hat noch genug zu tun. Lass uns gehen." Hinter dem Rücken ihrer Mutter flüsterte sie Danielle zu: „Wir sprechen später."

Die Geräusche der Nacht drangen leise durch die geöffnete Tür ins Wohnzimmer. Ein paar Nachtschwärmer gingen nach Hause und unterhielten sich lautstark, eine Katze miaute laut auf und die Kirchturmuhr schlug Mitternacht. Sie lag da, starrte an die Decke und vermisste André. Schade, dass sie sich heute nicht gesehen hatten. Sie traute ihren Gefühlen noch nicht. War sie verliebt? Ja. Reichte das? Einerseits wünschte sie, dass es mehr werden würde. Und dann?

Ihre Mutter war hellauf begeistert von der Wohnung. Sie hatte sich alles genau angeschaut und Christina hatte in der Zwischenzeit das Essen zubereitet. Es gab nur einen leichten Salat mit Garnelen. Ihre Mutter aß abends ohnehin wenig.

Der runde Tisch auf der Terrasse war mit einem roten Tischtuch bedeckt. In der Mitte standen gelbe Rosen in einem blauen Steinkrug. Neben den Tellern mit dem provenzalischen Muster lagen cremefarbene Leinenservietten.

Beide Frauen hatten sich viel zu erzählen. Ihre Mutter berichtete von ihrer letzten Ausstellung. Eine junge Künstlerin, frisch von der Kunsthochschule, hatte ihr Herz erobert. Übermorgen wollte sie sich in Marseille mit einem Maler treffen, den sie vor einigen Monaten kennengelernt hatte.

Christina musste ihrer Mutter ausführlich von ihrer ersten Urlaubswoche berichten, über Loulou und ihre Großmutter. Frau Bauer machte sich Sorgen, dass ihr die Arbeit im Hotel zu viel werden würde. Ihre Tochter war schon immer ein Mensch, der nicht hundert, sondern hundertzwanzig Prozent gab. Kein Wunder, dass sie irgendwann auf der Strecke blieb.

Sie versuchte, ihre Mutter zu beruhigen. Das hier war völlig anders, ohne Druck und Verpflichtung und in einer malerischen Umgebung. Sie konnte sich sogar vorstellen, so etwas immer zu machen. Als Christina diesen Satz ausgesprochen hatte, war sie über sich selbst überrascht. Was hatte sie da gerade von sich gegeben? Dieser Gedanke war ihr bis eben überhaupt noch nicht in den Sinn gekommen. Das musste sie erst einmal sacken lassen und weit von sich schieben. Wie kam sie bloß darauf?

Christina hatte Kaffee serviert, als Loulou nach Hause kam. Sie setzte sich noch mit einer Cola zu ihnen. Frau Bauer und das Mädchen hatten sich unterhalten, als würden sie sich schon lange kennen. Das musste man ihrer Mutter lassen, sie hatte beruflich mit Künstlerinnen und Künstlern zu tun, die nicht leicht zu händeln waren, aber sie schaffte es immer, dass jeder Mensch sofort Vertrauen zu ihr fasste. Sie gab jedem das Gefühl, genau in diesem Moment wichtig zu sein.

Nachdem auch der Kaffee ausgetrunken war, wollte ihre Mutter zum Hotel zurück. Christina musste sie nicht begleiten, den Weg würde sie allein finden. Frau Bauer griff zu ihrer Leinenstola und ihre Tochter führte sie durch den Garten. Bei Eric und Danielle waren die Fenster um diese Zeit noch hell erleuchtet. Sie überlegte, ob sie klingeln sollte, entschied sich dann doch bis morgen zu warten.

An André hatte sie eine lange SMS geschrieben und nun lag sie hier und konnte nicht einschlafen. Was sollte sie machen? Eine heiße Milch trinken? Sinnlos, das half sowieso nicht. Schäfchen zählen? Das würde eine riesige Herde werden. Atemübungen hatten vor einigen Wochen geholfen. Daran mochte sie nicht mehr denken.

Ihr Handy summte. Sie tastete im Dunkeln danach und hoffte, dass es André war. In ihrem Bauch flatterten Schmetterlinge. Sie schaute aufs Display und tatsächlich: André! Christine setzte sich mit einem Ruck auf. Er hatte sich die Zeit genommen, ihr zu antworten, zwischen Pizza und Steak Haché oder Küche und Zapfanlage. Sie kicherte leise, weil sie es sich beim Lesen bildlich vorstellte.

Dann kuschelte sie sich wieder in die Kissen, um seine Nachricht zu lesen. Es war nur ein Satz. „Träum etwas Schönes." Am Ende stand ein dickes rotes Herz. War es kitschig, von einem Mann eine SMS mit einem roten Herzen zu bekommen? Ihre Mutter würde das *hinreißend* finden. Sie schickte ihm ein rotes Herz zurück, mehr war nicht nötig. Seit Langem war sie wieder richtig glücklich und sie genoss jeden Tag, jede Stunde und jede Minute, die sie mit ihm verbrachte. Jetzt würde sie schlafen können.

Vierzehn

Die Uhr zeigte fünf Uhr. Um sechs wollte sie im Hotel sein, dann hatte sie genug Zeit, das Frühstück für die Gäste vorzubereiten. Sie duschte schnell, zog sich an, föhnte ihre Haare und schrieb Loulou eine Nachricht. Den Zettel legte sie auf den Küchentresen.

Im Hotel war es still. Diesmal kam es Christina nicht vor wie in einem Geisterhaus. Auch wenn nichts zu hören war, wusste sie doch, dass Menschen im Haus waren. Das Haus lebte.

Christina öffnete im Frühstücksraum die Schiebefenster, um frische Luft hereinzulassen, bevor die Hitze wieder wie ein dickes Tuch über der Stadt lag. Die Tische hatte sie gestern im Laufe des Tages eingedeckt, so konnte sie in der Küche gleich mit den Vorbereitungen beginnen.

Am Ende wusste sie zwar nicht, ob Madame Legrand es genauso gemacht hätte, aber ihr gefiel das Buffet. Es war alles da, was sie sich als Gast selbst gewünscht hätte. Sie hoffte, dass die Gäste das auch so sahen.

Madame Bauer kam als Erste und setzte sich an einen Fensterplatz zum Garten. Die Blumen dufteten verführerisch durch das offene Fenster, zart und unaufdringlich. Auf dem Tisch stand schon eine Thermoskanne mit Kaffee. Morgens brauchte sie unbedingt ihren Kaffee, um in den Tag starten zu können. Vom Buffet holte sie sich eine Schale mit Obstsalat und ein Croissant.

„Guten Morgen, Mama. Hast du gut geschlafen?"

„Danke, sehr gut, mein Kind." Beide begrüßten sich mit einem Kuss auf die Wange. „Was hältst du davon, wenn wir heute etwas zusammen unternehmen?

„Das würde ich liebend gern, aber ich weiß nicht, wie ich hier fertig werde. Außerdem habe ich Loulou versprochen, dass wir nach der Schule ihre Großmutter besuchen. Sie muss die Post durchsehen, es könnte etwas Wichtiges dabei sein."

Die nächsten Gäste kamen zum Frühstück. Christina begrüßte sie freundlich und begleitete sie zu ihrem Tisch.

„Heute ist Markttag, Mama. Das solltest du dir nicht entgehen lassen. Du könntest auch nach Lussan fahren. Der Ort liegt auf einer kleinen Anhöhe und etwas außerhalb ist eine Töpferei. Oder du fährst zum Pont du Gard."

„Dann lass uns heute Abend aber zusammen essen gehen, bevor ich morgen wieder fahre. Ich lade dich ein."

„Gut, ich hole dich ab." Sie hörte in der Halle das Telefon läuten. „Entschuldige mich." Bevor sie die Rezeption erreichte, drückte ihr der Postbote Briefe in die Hand. Sie bedankte sich mit einem Kopfnicken und nahm gleichzeitig den Telefonhörer ab. „Hotel *Le Pont d'Or*, bonjour. Was kann ich für Sie tun?"

Die Sonne versuchte, sich durch die letzten Wolken der Nacht hindurchzuschieben. Um diese Jahreszeit war klar, dass der Tag wieder sehr warm, um nicht zu sagen heiß werden würde.

André saß nur in Jeans mit freiem Oberkörper und einem großen Becher Milchkaffee auf dem Balkon. Um diese Uhrzeit waren die Straßen in der Innenstadt noch menschenleer. Er liebte diese morgendliche Atmosphäre und die erste Stunde am Tag, die er ganz für sich allein hatte, bevor der Trubel im Restaurant begann.

Eine Katze sprang von einer Mülltonne und warf dabei eine Weinflasche um, die daneben stand. Das klirrende Geräusch erschreckte sie so sehr, dass sie mit einem lauten markerschütternden Schrei in die nächste offene Haustür flüchtete.

Ein paar Meter weiter herrschte schon geschäftiges Treiben. Es war Markttag und die Bauern und Händler bauten ihre Stände auf. Bald würde es von Touristen nur so wimmeln. Für die Urlauber war der Markt in Uzès eine Attraktion. Ein Muss, ein Highlight. Die Marktbeschicker tranken noch einen Kaffee in den umliegenden Bistros, ehe die ersten Kunden kamen.

Andrés Gedanken drehten sich nur um Christina. Er konnte an nichts anderes mehr denken und er vermisste sie jede Stunde, die sie nicht beisammen waren. Gestern hatten sie nicht eine Minute miteinander verbracht und was heute sein würde, wusste er nicht.

Warum gerade jetzt? Warum gerade diese Frau? Wenn ihr Urlaub vorbei war, würde sie wieder zurück nach Deutschland fahren. Eigentlich war es sinnlos, so viele

Gefühle in diese paar Wochen zu investieren. Was sollte er machen? Er hatte sich verliebt.

Gestern Abend war er zu dem Entschluss gekommen, dass er Maeli heute von ihr erzählen wollte. Auch wenn er noch nicht wusste, ob Christina ein fester Bestandteil in seinem Leben werden würde. Seine Tochter sollte nicht durch Zufall erfahren, dass es für ihn eine andere Frau gab. Das Beste wäre, er würde sie vor der Schule anrufen und sich für den Nachmittag mit ihr auf ein Eis verabreden. Er hatte den Gedanken noch nicht zu Ende gedacht, da klingelte sein Handy. Es war Flore. Sie musste früher ins Geschäft und fragte, ob Maeli zum Frühstück zu ihm kommen konnte. Ihm kam dies wie gerufen.

„Salut André! Lange nicht gesehen." Der Weinhändler, der sein Geschäft drei Häuser weiter hatte, grüßte zu ihm hinauf.

André hob die Hand zum Gruß und nickte ihm zu. Er stand an der schmiedeeisernen Brüstung des Balkons und schaute hinüber zu der kleinen Papeterie an der Ecke. Eigentlich müsste Maeli dort gleich erscheinen. Und da flitzte sie auch schon unter den Arkaden entlang, sah hoch zum Balkon und winkte ihm lachend zu.

„Bonjour, Papa." Die Kleine schlang ihre Arme um seinen Hals und gab ihm einen Kuss auf die Wange, dabei rümpfte sie die Nase und verzog das Gesicht. „Du stachelst." Maeli rieb sich ihre Wange, sodass André lachen musste. Er hatte sich noch nicht rasiert. Der Schulranzen landete mit Schwung auf dem Stuhl im Flur.

„Na, meine Kleine, was magst du zum Frühstück?"

„Müsli und Kakao."

„In Ordnung, dann bekommst du Müsli und Kakao."
André deckte für Maeli den Tisch. Er nahm sich noch
einen zweiten Kaffee, setzte sich zu ihr und überlegte,
wie er das Gespräch auf das Thema bringen wollte, das
ihm am Herzen lag. Am besten direkt und geradeheraus,
immerhin hatte Flore auch wieder einen Partner, auch
wenn sie nicht zusammen wohnten. Maeli und Luc verstanden sich blendend. Er war Olivenbauer mit einer
großen Plantage und einer eigenen Olivenmühle.

„Ist in der Schule alles in Ordnung, Maeli?"

„Ja. Übermorgen machen wir einen Ausflug an den
Gardon, mit einem Picknick. Jeder bringt etwas mit
und Mama macht ihre leckeren Hackbällchen und wenn
Wasser im Gardon ist, dürfen wir baden."

„Na, das ist doch großartig. Warst du denn mal wieder
mit Mama auf dem Hof von Luc?"

„Am Sonntag waren wir dort. Seine Hündin hat Welpen
bekommen, die sind so niedlich. Aber Mama hat gesagt,
dass wir keinen nehmen können. Er wäre zu viel allein. Dabei würde ich mich immer um ihn kümmern." Ihre blauen
Augen schauten ihn groß und sehnsüchtig bittend an, als
wartete sie darauf, dass er dem Hund zustimmen würde.

„Maeli, ich möchte mit dir etwas besprechen." Die
Kleine löffelte seelenruhig ihr Müsli weiter. „Mama hat
doch Luc kennengelernt und sie mag ihn gern. Ich habe
jetzt auch jemanden kennengelernt und ich mag diese
Frau auch sehr gern."

Der Löffel, den sich Maeli gerade in den Mund schieben wollte, verharrte in der Luft und sie vergaß ihren

Mund zu schließen. Erstaunt, ohne ein Wort zu sagen, sah sie ihren Vater an. Die Milch tropfte auf den Tisch. André stand auf und holte einen Lappen.

Das Mädchen legte den Löffel auf den Teller zurück. „Magst du Mama nicht mehr?"

„Natürlich mag ich sie, aber Mama hat ja nun Luc."

„Mama hat gesagt, dass sie dich auch noch mag. Warum hat sie dann Luc? Warum seid ihr beide dann nicht mehr zusammen?"

„Sich mögen und sich lieben ist nicht dasselbe, Schatz. Mama und ich, wir haben dich und das wird uns immer verbinden, weil wir dich lieben und du das Beste bist, was uns passieren konnte. Aber wir können nicht mehr zusammen leben und wohnen, wir sind einfach zu verschieden."

Maeli aß in der Zwischenzeit weiter. Die Erwachsenen waren komisch. Das Gleiche hatte ihr Mama auch schon erklärt. Aber Luc war nett. Sie durfte mit ihm auf dem Trecker fahren und jetzt waren die kleinen Hunde auf dem Hof. Und die Mama von Luc machte ihr immer so leckere Schokocroissants, es gab sogar einen Pool hinter dem Haus.

„Wollen wir morgen mit Christina zusammen zu Abend essen? Was meinst du?" André beobachtete genau ihr Minenspiel. Wie würde sie reagieren? „Ich frage Mama, und dann kommst du nach der Schule her."

„Okay." Maeli sprang auf. „Jetzt muss ich los." Sie zeigte auf die Uhr, die hinter ihm an der Wand hing. Mit dem Handrücken fuhr sie sich noch einmal über den Mund, um den Kakaobart abzuwischen.

„Na dann los, Mademoiselle." Er half ihr, die Schultasche aufzusetzen und brachte sie runter zur Haustür.

„Salut, Papa. Bis morgen."

„Salut! Pass auf dich auf!" Das war doch gar nicht schlecht gelaufen.

Der Wecker hatte für Urlaubsverhältnisse einfach zu früh geklingelt. Die Arbeit im Hotel gefiel ihr gar keine Frage, doch sie war ungewohnt. Christina saß mit einen großen Glas Eistee auf der Terrasse und hatte die Füße auf den weißen Gartenstuhl, der gegenüberstand gelegt. Ein Geräusch ließ sie aufblicken.

„Danielle, schön dich zu sehen." Christina setzte sich auf ihrem Stuhl gerade hin. Sie war ganz steif und die Knochen taten ihr weh. Diese Sitzhaltung war ausgesprochen unbequem oder es lag an der ungewohnten Arbeit.

„Ich hoffe, ich störe nicht."

„Nein, komm, setz dich. Magst du etwas trinken?" Sie wartete Danielles Antwort gar nicht ab, sondern holte noch ein Glas aus der Küche. Als sie zurückkam, fiel ihr das unglückliche Gesicht auf. „Entschuldige, dass ich gestern nicht mehr zu dir gekommen bin. Meine Mutter ist später gegangen als gedacht. Da wollte ich nicht mehr stören."

„Kein Problem." Danielle sah blass um die Nase aus.

„Hey, was ist los?"

„Ach, du kannst doch auch nicht helfen."

Christina beugte sich nach vorn und streichelte tröstend ihre Hand. „War dieser Zirkusmensch wieder da? Hat er Beau holen wollen?", fragte sie besorgt.

„Er war da, ja. Er steht mit seinem Wagen einfach nur vor dem Haus." Man hörte die Verzweiflung in ihrer Stimme.

„Wie?" Christina schüttelte verständnislos den Kopf. „Was will er dann, wenn er jeden Tag vor eurer Tür steht?"

„Er weiß es selbst nicht, hat er gesagt. Noch nicht." Sie seufzte. „Er soll verschwinden und erst wiederkommen, wenn er es weiß, habe ich ihm zu verstehen gegeben. Er wird Beau auf keinen Fall bekommen. Vielleicht will er uns mit seiner Anwesenheit mürbemachen, damit wir ihm Beau freiwillig geben. Doch da kann er lange drauf warten."

„Und, wenn ihr doch zur Polizei geht und ihn anzeigt?" Einen anderen Rat konnte sie Danielle nicht geben.

„Und dann?" Sie schaute Christina fragend und verzweifelt an.

Darauf wusste sie auch keine Erklärung und zuckte nur hilflos die Schultern.

„Siehst du."

Christina nahm Danielle fest in die Arme und drückte sie. „Ich weiß, es hört sich alles so einfach an, aber ihr müsst die Sache tatsächlich erst einmal aussitzen. Bevor ihr nicht genau wisst, was der Mensch will, könnt ihr nichts unternehmen."

„Es schein so." Danielle stieß einen Seufzer aus und nippte an ihrem Eistee. Ihr war anzumerken, dass sich ihre Gedanken nicht wie mit einem Schalter problemlos abschalten ließen. „Und wie geht es dir? Wie lange bleibt deine Mutter?"

„Nur bis morgen. Sie ist auf der Durchreise und da bin ich auch ganz froh darüber. Sie ist ein herzensguter Mensch, hier möchte ich meine Zeit einfach nur genießen. Keine gut gemeinten Ratschläge, kein Einmischen und keine Besserwisserei."

„Hast du ihr schon von André erzählt?" Ein spitzbübisches Lächeln umspielte trotz aller Sorgen nun doch ihren Mund.

„Nein, das muss sie noch nicht wissen. Ich bin mir ja selbst nicht sicher. Meine Eltern erfahren das früh genug."

„Ich will dich nicht länger aufhalten." Danielle hatte ihren Eistee ausgetrunken.

„Loulou und ich fahren nachher zu ihrer Großmutter. Wir haben einige Briefe, die wichtig aussehen. Auch wenn wir sie schonen wollen, muss sie sie wenigstens durchsehen."

Danielle erhob sich. „Lass uns unbedingt mal wieder zusammen essen. Alle vier."

„Ja, dann kommt ihr zu mir. Als Dank für die Zeit, die ich hier bei Euch verbringen darf."

Christina und Loulou saßen am Bett von Madame Legrand. Der bunte Blumenstrauß auf dem Nachtschrank, den Loulou ihrer Großmutter geschenkt hatte, brachte etwas Farbe in das triste Krankenzimmer. Binette machte schon einen viel besseren Eindruck. Die Briefe, die die beiden ihr mitgebracht hatten, lagen geöffnet auf der Bettdecke. Die Stimmung war gedrückt. Das Schreiben der Bank hörte sich nicht gut an, fast bedrohlich. Madame Legrand wurde aufgefordert, zu einem Gespräch zu kommen. Die Buchstaben tanzten vor ihren Augen.

„Können Sie sich vorstellen, was die von Ihnen wollen, Binette?" Christina versuchte vorsichtig, die alte Dame aus ihrem Trübsal zu holen. Den Kopf in den Sand zu stecken, nützte auch nichts.

„Es geht sicher um meinen Kredit. Ich konnte ihn die letzten Monate nicht regelmäßig bezahlen. Mir fehlte einfach das Geld." Ihre schmalen Hände, die nach dem Schlaganfall noch zarter und durchsichtiger schienen, wischten nervös über die Bettdecke.

Christina schaute Madame mitfühlend an. „Apropos nicht bezahlen, Binette. Ich habe bei Monsieur Fou eingekauft und der hat mir gesagt, dass noch zwei Rechnungen ausstehen."

Die alte Dame drehte den Kopf zum Fenster und schaute mit traurigen Augen hinaus.

„Grand-mère?" Fragend mit großen Augen sah Loulou ihre Großmutter an.

„Das Geld war in den letzten Wochen einfach zu knapp. Wovon sollten wir leben?", flüsterte sie.

„Stehen sonst noch Rechnungen aus?", wollte Christina wissen.

Es kam keine Antwort. Die alte Dame tat ihr leid. Sie wollte jetzt nicht weiter nachbohren, das würde sie noch mehr aufregen. Erst mal musste sie gesund werden. Das Hotel war ihr Lebenswerk und sie wollte es nicht verlieren. Sie kannte das nur zu gut von ihrem Vater. Zum Glück konnte er die Firma damals behalten und sein langjähriger Mitarbeiter erklärte sich bereit, als Geschäftsführer einzusteigen. Madame Legrand hatte über viele Jahre ihre ganze Kraft in das Hotel gesteckt und wollte es gern für ihr Enkelkind erhalten. Loulou hatte sich vorgenommen, das Hotel später mal zu übernehmen.

„Ich komme übermorgen zur Kur, wie soll ich mich da um die Angelegenheit bei der Bank kümmern?" Unglücklich lag sie in ihren Kissen und schaute hilfesuchend zu Christina und Loulou. Sie hatte Tränen in den Augen und ihre Unterlippe zitterte. „Ich möchte das Hotel nicht verlieren. Du wolltest es doch nach einer Ausbildung weiterführen." Dabei tätschelte sie Loulous Hand. Sie versuchte, ihre Tränen zu verbergen und drehte ihren Kopf zum Fenster. Das Zimmer lag mit Blick auf den Park. Unter anderen Umständen hätte sie die Aussicht wunderschön gefunden. Heute konnte sie dem nichts abgewinnen. Madame Legrand war niedergeschlagen und verzweifelt.

„Dann gehe ich zur Bank und spreche mit denen!" Loulou setzte sich mit ernsthaftem Blick und fester Stimme aufrecht vorn auf die Stuhlkante. Sie hatte wieder hektische rote Flecken im Gesicht – wie immer, wenn sie aufgeregt war.

Bisher hatte sich Christina nicht eingemischt. Es ging sie nichts an, aber jetzt schaltete sie sich doch ein. „Das ist sinnlos, Loulou. Du bist nicht volljährig und dir gehört das Hotel nicht. Sie werden nicht mal einen Termin mit dir vereinbaren."

Auf dem Gesicht des Mädchens machte sich Enttäuschung breit. Mit gesenktem Kopf rutschte sie wieder in ihrem Stuhl zurück und verschränkte die Arme vor die Brust. Irgendetwas musste man doch tun und wenn kein anderer was unternahm, dann eben sie.

Madame Legrand drehte ihren Kopf und ihre Augen schauten etwas zuversichtlicher, als hatte sie die rettende Idee. „Christina, können Sie nicht für mich bei der Bank vorsprechen und sich anhören, was die von mir wollen?" Madame Legrand setzte sich in ihrem Bett auf und fasste mit einem beschwörenden Blick nach Christinas Hand.

„Ich?" Sie schaute sie mit großen Augen an. „Ich glaube kaum, dass die Herren mit mir sprechen. Mir gehört das Hotel noch weniger als Loulou und ich bin nur eine deutsche Touristin. Ich habe keine Ahnung von Banken und Behörden in Frankreich." Weitere Argumente fielen ihr nicht ein und sie hoffte, dass sie Binette davon abbringen konnte.

Aber auch Loulou fand diesen Gedanken großartig. Ihr Körper spannte sich an, ihre Augen blitzten auf und sie gewann wieder Zuversicht. „Ja! Genau! Du bist eine Erwachsene. Mit dir werden sie reden." Sie sprang begeistert von ihrem Stuhl auf und war nicht mehr zu bremsen. „Du führst jetzt das Hotel. Mit dir müssen sie reden", erklärte sie mit Nachdruck.

„Halt! Stopp!" Christina hob abwehrend beide Hände.

Loulou verstummte auf der Stelle. Man hätte eine Stecknadel fallen hören können, so still war es in dem Zimmer. Zwei bittende Augenpaare ruhten auf ihr. Eines mit langen schwarzen Wimpern und eines mit kleinen Fältchen ringsherum, die sich wie sanfte Linien in die Haut gruben. Zwei Augenpaare, aus denen sie Hoffnung las. Konnte sie einfach so aufstehen, aus dem Zimmer gehen und beide sich selbst überlassen? Binette und ihre

Enkelin würden das Hotel verlieren. Sie würde sich ewig Vorwürfe machen, es nicht wenigstens versucht zu haben. Wie sollte sie die Sache angehen? Auf was wollte sie sich da einlassen? Aber sie konnte nicht anders.

„Also gut. Ich versuche es."

Mit einem Jubelschrei fiel ihr Loulou um den Hals. „Ja! Ja! Ich wusste es! Danke!" Das Mädchen wollte sie vor Erleichterung gar nicht wieder loslassen.

Madame Legrand hatte Tränen in den Augen, diesmal vor Rührung und Freude. Sie griff nach ihrer Hand. „Danke." Christina war tief berührt über das Vertrauen, das die alte Dame und ihre Enkeltochter ihr entgegenbrachten.

Fünfzehn

ie warme Sommerluft lag am Abend immer noch wie eine Glocke über der Stadt. Christina schlenderte mit ihrer Mutter Arm in Arm durch die Straßen. Sie unterhielten sich angeregt. Ihr Weg führte sie durch den Torbogen am Boulevard Gambetta auf den Place aux Herbes. Frau Bauer hatte versprochen, ihre Tochter zum Essen einzuladen.

Am Morgen hatte sie sich die Innenstadt angeschaut und waren über den Markt gebummelt. Dabei war sie an einem netten Restaurant vorbeigekommen, das ihr sofort gefiel. „Du wirst es auch mögen", hatte sie zu ihrer Tochter gesagt.

Christina wurde langsam nervös. Sie sah, in welche Richtung ihre Mutter sie führte. Aber vielleicht würde sie noch einmal abbiegen und ein anderes Restaurant aufsuchen. Frau Bauer bemerkte ihr Zögern nicht und plauderte weiter. Auf dieser Straße gab es nur zwei und sie steuerte geradewegs auf Andrés zu. Sie hatte es befürchtet. Ihr fiel keine passende Ausrede ein, und ehe sie sich versah, ging ihre Mutter auch schon auf Paul zu und fragte nach einem Tisch. Es war zu spät. Mit zwei Speisekarten unter dem Arm führte er sie zu ihren Plätzen.

Im selben Moment sah Christina André aus der Tür kommen. Ein freudiges Lächeln ging über sein Gesicht, als er sie sah. Oh, bitte nicht. Wie konnte sie André davon abhalten, an ihren Tisch zu kommen? Einfach nicht mehr in seine Richtung schauen? Christina drehte demonstrativ ihren Kopf weg. Sie hatte keine Lust, ihrer Mutter Rede und Antwort zu stehen. Und sie würde nicht lockerlassen, bis sie alles bis ins Detail wusste. Sie kannte sie, ihre Mutter würde André ausfragen wie einen Schuljungen. Das hatte sie früher schon gemacht, wenn sie einen Freund mit nach Hause brachte. Christina hatte immer versucht, ihn leise an der Wohnzimmertür vorbei zu schleusen. Wenn sie dachte, sie hätte es geschafft, steckte ihre Mutter den Kopf aus der Tür. Das brachte sie in Verlegenheit. Sie meinte es nicht so, doch es war ihr unangenehm.

André trat mit einem freudigen Gesichtsausdruck zu ihnen an den Tisch und wollte gerade zum Sprechen ansetzen.

„Bitte bringen Sie mir einen trockenen Weißwein. Und du Mutter, was möchtest du?" Christina sah ihre Mutter an und würdigte André keines Blickes. Ihr war hundeelend und sie bereute ihre Entscheidung, kaum hatte sie das letzte Wort ausgesprochen.

Er stutzte und sah sie fragend und verständnislos an. Frau Bauer merkte zum Glück nichts. Sie studierte die Karte und wusste nicht, was sie nehmen sollte. Christina drehte leicht den Kopf zur Seite und schielte zu André rüber, um seine Reaktion zu sehen, vor der sie sich gleichzeitig fürchtete. Er blickte sie an und schüttelte mit zusammengezogenen Augenbrauen ganz leicht den Kopf, als wollte er sagen: *Was soll das?* Hilflos schaute sie ihn an und zuckte unmerklich mit den Schultern. Ein Außenstehender hätte ihre Art der Konversation nicht bemerkt. Frau Bauer gab ihre Getränkebestellung auf, ohne den Blick von der Getränkekarte zu heben. Er drehte sich um und ging.

Was hatte sie getan? Christina musste die Sache unbedingt mit André klären. Sie würde jetzt bei ihrer Mutter so tun, als wollte sie die Toilette aufsuchen, dann konnte sie im Restaurant schnell mit ihm sprechen und ihn um Verzeihung und Verständnis bitten.

„Ich bin gleich wieder da, Mama." Sie erhob sich und schlängelte sich durch die Tische hindurch. Fast hätte sie einen Stuhl umgerissen, so nervös war sie.

André stand hinter dem Tresen. Er blickte kurz auf. Als er Christina sah, konzentrierte er sich wieder auf den Wein, den er gerade in ein Glas goss. Dabei war er mit den Gedanken gar nicht bei der Sache.

Mit zerknirschtem Blick stand sie vor ihm. „André, es tut mir leid." Sie sprach leise, fast flüsternd, als wenn niemand hören sollte, was sie ihm zu sage hatte. Dabei war der Gastraum leer, alle saßen draußen. Sie wollte ihre Hand entschuldigend auf seine legen, aber ohne sie anzusehen, zog er sie weg.

„Sind wir jetzt wieder beim *Sie?* Das hättest du mir vielleicht vorher sagen sollen, dann hätte ich nicht wie ein Idiot dagestanden." Seine Stimme klang kalt, hart und abweisend. Er bereitete weiter die Getränke für die Gäste zu, ohne sie zu beachten.

„André, bitte. Ich habe überreagiert. Das hätte ich nicht tun dürfen. Aber ich möchte meiner Mutter noch nichts von uns erzählen. Es ist noch so frisch. Sie ist herzensgut, sie wird fragen und alles ganz genau wissen wollen. Ich möchte nicht, dass das, was wir gerade miteinander erleben, von anderen zerredet wird. Auch nicht von meiner Mutter."

„Warum habt ihr euch dann nicht ein anderes Restaurant ausgesucht?"

„Weil sie mich eingeladen hat und unbedingt hierher wollte." Jetzt klang ihre Stimme ungeduldig. Christina schaute ihn an. Sie durchbohrte ihn fast mit ihren Blicken. André hob immer noch nicht den Kopf.

„Ich habe dich vermisst." Dieser Satz drang leise zu ihm über den Tresen. „Wir haben uns lange nicht gesehen."

„Gerade mal einen Tag", brummte er. „Ich bringe euch eure Getränke. Geh wieder raus zu deiner Mutter. Und keine Angst, von mir erfährt sie nichts." An seiner Stimme merkte sie, wie verletzt er war. Seine Augen schauten nicht mehr so hart wie am Anfang, eher traurig, und sie hatten ihren Glanz verloren. Nach einem letzten Blick zu ihm drehte sie sich um und ging wieder langsam zu ihrem Platz.

Paul kam zu ihnen an den Tisch und brachte die Getränke. Ob er etwas mitbekommen hatte? Wenn ja, dann war er ein guter Schauspieler und ließ sich nichts anmerken. Er behandelte sie wie jeden anderen Gast. André ließ sich den Rest des Abends nicht mehr blicken. Er hatte für heute wohl genug von ihr.

„Ist was mein Kind?"

„Alles gut, Mama." Christina versuchte, freundlicher zu schauen.

Sie gaben bei Paul die Bestellung für ihr Essen auf. Um den letzten Abend mit ihrer Mutter nicht zu belasten, konzentrierte sich Christina jetzt ganz auf sie und verbannte die Gedanken an André aus ihrem Kopf, was ihr nicht leichtfiel. Sie würde ihn nach anrufen in der Hoffnung, dass er überhaupt mit ihr sprechen wollte.

André stand hinter dem Tresen und schaute aus dem Fenster. Von hier aus sah er Christina bei ihrer Mutter am Tisch sitzen. Beide unterhielten sich. Ihre Gefühlsregungen im Gesicht konnte er nicht erkennen, da sie mit dem Rücken zu ihm saß.

Was da passiert war, hatte ihn sehr verletzt. Warum verleugnete sie ihn? Was hatte sie sich nur dabei gedacht? Konnte er sich so in ihr getäuscht haben? Waren ihre Gefühle doch nicht so, wie sie vorgab? So viele Fragen schwirrten ihm im Kopf herum. Vielleicht suchte sie nur ein Urlaubsabenteuer und wenn sie in zwei Wochen wieder zurückfuhr, war er schnell vergessen. Von sich konnte er jedenfalls behaupten, dass seine Gefühle tief und echt waren. So wie für sie hatte er lange nicht für eine Frau empfunden. In den letzten Jahren, in denen er nicht mehr mit Flore zusammen war, gab es schon die eine oder andere Frau. Aber das war nie etwas Ernstes, von beiden Seiten nicht. Touristinnen, die zum Essen kamen, flirteten vielleicht auch mal. Doch immer reisten sie wieder ab. Warum nicht? Er hatte nur aufgepasst, dass Maeli nichts mitbekam und keine dieser Frauen kennenlernte. Dann tauchte Christina auf und er hatte von Anfang an gemerkt, dass da etwas anderes zwischen ihnen war. Vielleicht hatte er sich auch getäuscht und er sollte das Abendessen morgen mit Maeli und Christina vergessen.

„André?"

Er zuckte zusammen. Paul stand neben ihm. Er hatte ihn nicht bemerkt.

„Denkst du an die Bestellung für Tisch neun?"

„Ja, entschuldige."

Paul musterte ihn eindringlich und schob ihm einen Zettel für die Küche über den Tresen. Ihm war vorhin schon aufgefallen, dass etwas nicht in Ordnung war.

André gab die Bestellung in die Küche weiter und konzentrierte sich auf seine Gäste.

Am Ende des Abends begleitete Christina ihre Mutter zum Hotel zurück. Zum Glück hatte sie nichts bemerkt und darauf war sie bei weitem nicht stolz. Vielleicht hätte sie ihr doch von André erzählen sollen, dann wäre ihr das alles erspart geblieben und er wäre nicht so verletzt.

Zu Hause angekommen, ließ sich Christina schwerfällig auf das Sofa sinken. Sie legte den Kopf zurück und starrte an die Decke. Was nun? Im Kühlschrank stand noch eine angefangene Flasche Weißwein. Alkohol war auch keine Lösung und trotzdem goss sie sich ein Glas ein. Damit ging sie auf die Terrasse, setzte sich und schaute in den dunklen Himmel. Nicht ein Stern war zu sehen. Wenn sie als Kind Kummer hatte, hatte sie der

Blick in den Sternenhimmel immer getröstet. Bei jedem Funkeln hatte sie geglaubt, dass jeder einzelne ihr zuzwinkerte und schon nahm sie nichts mehr so schwer. Heute konnte sie kein Stern trösten. Sollte sie André anrufen? Nein, es war zu früh. Das Restaurant hatte noch nicht geschlossen.

Die Schlafzimmertür ging auf und Loulou kam im diffusen Licht der Nachttischlampe heraus.

„Habe ich dich geweckt?"

„Nö, ich habe Durst und wollte nur einen Schluck trinken." Das Mädchen tapste verschlafen und barfuß in ihrem viel zu großen T-Shirt bis an die geöffnete Terrassentür. Christina saß im Dunkeln und Loulou konnte sie nur schwach erkennen.

„Ist was?"

„Nein, alles okay."

„Du guckst so komisch. Hast du es dir mit der Bank doch anders überlegt?" Loulou war sich nicht sicher. Sie fragte vorsichtig, aus Angst vor der Antwort. Christina hatte so einen merkwürdigen Gesichtsausdruck. Vielleicht bereute sie ihre Entscheidung. Das wäre katastrophal.

„Nein! Wie kommst du darauf?"

„Gott sei Dank. Ich dachte schon." Loulou konnte sich nicht erklären, was in Christinas Kopf vor sich ging. Aber Erwachsene konnte man manchmal auch nicht verstehen. Sie nahm eine Flasche Wasser aus dem Kühlschrank. Auf dem Weg zurück ins Schlafzimmer drehte sie sich noch einmal um. Christina saß da und starrte in die Dunkelheit. Sie ging ins Schlafzimmer und machte leise die Tür hinter sich zu.

Auf der Terrasse blieb Christina mit ihren Gedanken allein und war unsicher, was sie machen sollte. Das Handy drehte sie unschlüssig in der Hand, bis sie allen Mut zusammennahm und die Taste drückte. Das Display leuchtete hell auf. Zögernd öffnete sie die Kontaktliste und machte doch ganz schnell wieder einen Rückzieher. Wie hypnotisiert starrte sie auf das Gerät in ihrer Hand. Endlich gab sie sich einen Ruck. Wenn sie ihn nicht anrief, dann würde sie wenigstens eine SMS schreiben.

„Hey." Na toll, das war ja nicht gerade originell. Sie schaute auf das Display und wartete auf eine Antwort. Nichts passierte. Sie hatte es gewusst, er wollte nichts von ihr wissen.

„Hey."

Christina setzte sich kerzengerade auf. Was sollte sie ihm jetzt schreiben? Es war doch schon alles gesagt. „Es tut mir leid." Warten.

„Das sagtest du bereits." Seine Antwort war kurz und knapp. Aber was erwartete sie auch?

„Wenn ich könnte, würde ich die letzten Stunden ungeschehen machen." Ihr Blick war starr auf das hell erleuchtete Handy gerichtet.

„Wenn du dir nicht sicher bist, was uns angeht, sollten wir den Kontakt beenden."

Christina stockte kurz der Atem. In ihrem Kopf überschlugen sich die Gedanken. „Nein, bitte nicht."

„Vielleicht solltest du diese Nacht noch einmal darüber schlafen. Wir reden morgen. Gute Nacht."

Das war's. Sie legte enttäuscht ihr Handy zur Seite. Tränen stiegen ihr in die Augen. Sie wischte sie entschlossen weg, ging ins Bad und hoffte, dass sie schlafen konnte. Aber sie wusste, dass das nichts werden würde.

Sechzehn

*D*ie Kirchturmuhr schlug. Christina hatte die ganze Nacht kein Auge zugetan. Alle Stunde hatte sie auf die Uhr geschaut. Jetzt war es fünf Uhr. Immer wieder hatte sie sich von einer Seite auf die andere gewälzt. Es reicht, dachte sie und schwang ihre Beine von der Schlafcouch. Sie war wie gerädert.

Kurz nach sechs wollte sie im Hotel sein, vorher musste sie aber unbedingt erst mit André sprechen. Egal, ob sie ihn aus dem Bett klingelte. Er musste ihr einfach zuhören. Sie zog sich in Windeseile an, nahm ihren Schlüssel und rannte aus dem Haus. Ihre Schritte halten auf dem Kopfsteinpflaster.

Wenn sie in diesem Moment jemand so sehen würde, der würde sie für völlig verrückt halten. Es waren nur wenig Menschen unterwegs. Auf dem Boulevard Gambetta fuhr der Wagen der Straßenreinigung, bevor die Touristen wieder die Stadt bevölkerten. Um diese Uhrzeit war dazu die beste Möglichkeit, da die Straßenränder noch nicht von den Autos zugeparkt waren. Ein Kastenwagen stand vor der Bäckerei und der Fahrer kam mit einem ganzen Korb voll Baguette heraus. Christina konnte gerade noch ausweichen, sonst hätte sie ihn umgelaufen. Der Mann schaute ihr kopfschüttelnd hinterher und stieg ein.

Monsieur Fou stellte die Obst- und Gemüsekisten vor sein Geschäft. Er winkte ihr von weitem zu, aber Christina hatte heute keinen Blick für ihn.

Völlig außer Atem kam sie vor dem Haus in der Fußgängerzone an. Sie sah nach oben zu Andrés Balkon. Die Tür stand auf. Im selben Moment öffnete sich die Haustür und eine alte Dame mit einem kleinen, kurzbeinigen braunen Hund kam heraus. Christina schlüpfte blitzschnell hindurch. Dann rannte sie wenig damenhaft die Treppe hinauf, immer zwei Stufen auf einmal. Nach Luft schnappend kam sie oben an. Damit sie es sich nicht noch anders überlegen konnte, drückte sie sofort auf den Klingelknopf. Für ein Zurück war es jetzt zu spät.

Kerzengerade und mit erhobenem Kopf stand sie da. Ihr Atem beruhigte sich langsam, aber aufgeregt war sie immer noch. Es dauerte ihr zu lange und sie streckte wieder die Hand nach der Klingel aus, als sie von drinnen Geräusche vernahm. Sie zögerte und wartete. Schritte kamen näher und schließlich wurde die Tür geöffnet. André stand mit zerzausten Haaren und in Boxershorts vor ihr. Er sah müde, doch unheimlich sexy aus.

„Was machst du um diese Uhrzeit hier?", fragte er und fuhr sich mit einer Hand durch die verwuschelten Haare.

Was sollte sie ihm noch sagen, was sie nicht schon gestern gesagt hatte? „Ich habe die ganze Nacht kein Auge zugetan. Ich musste dich einfach sehen." Ihr stockte vor

Aufregung die Stimme und sie schaute ihn schuldbewusst an.

Da standen sie nun – sie im Treppenhaus und er im Flur mit dem Türknauf in der Hand, nur in Boxershorts und mit freiem Oberkörper. Sie knetete ihre Finger vor Aufregung. Keiner von beiden sagte etwas. Sekunden wurden zu Stunden. Irgendwo im Haus klappte eine Wohnungstür.

„Komm erst mal rein." Er trat einen Schritt zur Seite und hielt die Tür weiter auf, damit Christina eintreten konnte. Es musste ja nicht jeder im Haus mitbekommen, was sie sich zu sagen hatten.

Sie stand verloren und hilflos mit herabhängenden Armen auf dem Flur. Sie rührte sich nicht und mochte nicht den Mund aufmachen, um ja nichts Falsches zu tun oder zu sagen.

„Ich habe Kaffee gemacht, möchtest du auch einen?" André drehte sich in der Küchentür um und sah sie fragend an.

Christina rührte sich nicht vom Fleck. Sie fand, dass seine Stimme emotionslos klang. Oder täuschte sie sich? Sie nickte nur. Mit zögernden Schritten ging sie ins Wohnzimmer. Durch die Balkontür drangen die ersten Geräusche des Tages nach oben. Das Unausgesprochene zwischen André und ihr war beängstigend. Was, wenn er sie nicht mehr sehen wollte?

Sie hörte ihn in der Küche mit Geschirr klappern. Kurze Zeit darauf kam er mit zwei Kaffeebechern wieder. Einen gab er ihr, mit dem anderen ging er nach draußen und setzte sich auf einen der Stühle. Christina folgte ihm

langsam. Sie lehnte sich an das schmiedeeiserne Balkongitter und schaute auf den Boden. Seine Reaktion auf das,
was sie ihm sagen wollte, machte ihr jetzt schon Angst.

„Ich habe dich verletzt und das tut mir unsagbar leid."
Aus den Augenwinkeln beobachtete sie jede Regung von
ihm. Aber er schaute teilnahmslos und trank schweigend
seinen Kaffee. Christina drehte unschlüssig den Becher
in der Hand. Sie hatte noch keinen einzigen Schluck getrunken. „Ich habe unüberlegt und dumm gehandelt."
Sie, die nie um eine Antwort verlegen war, der nie die
Worte fehlten, fühlte sich hilflos und entmutigt. Das
Beste wäre, sie würde gehen und die letzten Tage vergessen. Christina stellte ihren Kaffeebecher auf den Tisch.
„Ich glaube, es ist besser, ich gehe jetzt." Sie sprach leise
und ihre Stimme zitterte. Sie drehte sich um und machte
einen Schritt auf die Tür zu.

Plötzlich spürte sie Andrés warme Hand, die sie fest-
hielt. Jeder einzelne Finger von ihm elektrisierte sie.

„Komm her." Er zog Christina liebevoll auf seinen
Schoß und nahm sie so fest in die Arme, dass ihr fast der
Atem wegblieb. „Tu das bitte nie wieder!" Seine Stimme
klang eindringlich, bittend und verzweifelt.

Aufatmend legte sie ihre Arme um seinen Hals und
drückte ihren Kopf in seine Halsbeuge. Sie war so erleichtert. „Ich verspreche es. Nie wieder." Der Duft
seines Aftershaves löste eine Welle von Gefühlen in ihr
aus. Gänsehaut bildete sich auf ihren Armen und ein
riesiger Felsbrocken fiel ihr vom Herzen und sie konnte
die Tränen nicht zurückhalten.

André spürte ihren warmen Körper und atmete befreit

auf. Die letzte Nacht wollte auch für ihn nicht vorübergehen. Immer wieder hatte er Christina vor sich gesehen und sich die Frage gestellt, was am vorherigen Abend in sie gefahren war. Sobald er daran dachte, tat es weh. Wenn sie heute Morgen nicht vor seiner Tür gestanden hätte, wäre er spätestens nach dem Frühstück zu ihr ins Hotel gegangen. Ihre Mutter hin oder her.

Vorsichtig löste er sich aus der Umarmung, nahm ihr Gesicht in beide Hände und schaute ihr tief in die Augen. „Salut, schön, dass du da bist. Ich habe dich vermisst." Seine Stimme war nur ein warmes Flüstern.

Christina standen immer noch die Tränen in den Augen und sie musste blinzeln, damit sie sein Gesicht durch den Tränenschleier klar sah. „Ich dich auch." Sie näherte sich ihm, bis sich ihre Lippen zu einem langen Kuss fanden.

„Hey, André!"

Er, der bis vor einigen Sekunden keinen Blick und kein Ohr für irgendetwas hatte, schaute irritiert nach unten auf die Straße. Sein Koch stand vor dem Restaurant und wedelte mit den Armen.

„Denkst du daran, dass du heute früher kommen wolltest? Ich brauche die Einkäufe pünktlich, sonst werde ich nicht fertig."

Christina machte einen lange Hals und Gabriel sah ihren Kopf über dem Balkongitter.

„Oh, habe ich euch gestört?" Und wenn, es schien ihm nichts auszumachen.

„Nein, nein. Ich bin pünktlich, Gabriel." André winkte ihm zu. Er schaute Christina an und beide prusteten los. „Dein Kaffee ist sicher schon kalt."

„Egal."

„Ich würde mich freuen, wenn wir heute Abend mit Maeli zusammen essen. Ist da okay für dich?"

„Was? Tatsächlich?" Sie blickte ihn erstaunt an. Damit hatte sie überhaupt nicht gerechnet.

„Möchtest du nicht?" Vielleicht will sie nicht, dachte André, weil sie in knapp drei Wochen sowieso wieder abreist.

„Doch, selbstverständlich", sagte sie schnell. Insgeheim war sie froh, dass er sie fragte – nachdem, was sie sich geleistet hatte. Im Stillen hoffte sie, dass es nicht zu früh war.

„Maeli soll nicht durch Zufall von uns beiden erfahren. Das Abendessen wird ganz unverfänglich sein."

„Ich freue mich. Wie spät ist es eigentlich?" Die Kirchturmuhr von Saint Théodorit schlug sechsmal. „Ich muss los." Sie trank einen Schluck von dem kalten Kaffee und verzog das Gesicht. „Wann soll ich heute Abend hier sein?" Christina stand schon an der Tür.

„Gegen 19 Uhr?"

„Ich bin pünktlich." Sie gab ihm einen Kuss. Bevor sie sich umdrehen konnte, zog er sie erneut an sich und dieser Kuss dauerte um ein Vielfaches länger als der vorherige. Nur mit viel Überwindung löste sie sich von ihm und lief die Treppe hinunter. Von unten schaute sie hinauf und winkte ihm zu.

Draußen auf der Straße hatte der Tag begonnen. Uzès wurde langsam munter. Lieferwagen standen mit geöffneten Heckklappen vor den Geschäften und Restaurants und luden Waren aus. Der Weinhändler trug Körbe mit den besten Weinen aus der Region in seinen Laden.

Sie musste sich beeilen, sonst schaffte sie die Vorbereitungen für das Frühstück nicht. Als Christina an dem
Zeitschriftenladen vorbeikam, holte Monsieur gerade
einen Stapel Tageszeitungen herein. Sie kaufte ein paar
für die Gäste, legte das Geld passend auf den Tresen und
eilte weiter.

Siebzehn

Der fehlende Schlaf der letzten Nacht machte sich bemerkbar. Christina saß an der Rezeption, den Kopf in die Hand gestützt. Die Vorbereitungen für das Frühstück hatte sie Gott sei Dank geschafft, bevor die ersten Gäste im Frühstücksraum standen.

Ihre Mutter war wie verabredet weitergereist und hatte natürlich nicht vergessen, ihr hundert gut gemeinte Ratschläge dazulassen. Das Paar aus Nummer drei war ebenfalls wieder abgereist, dafür hatte ein junges Pärchen aus Schweden eingecheckt.

Das Gespräch mit dem Herrn von der Bank lag ihr im Magen. Im Stillen bereute sie es fast, dass sie sich dazu hatte überreden lassen, aber Loulou und Binette rechneten fest mit ihr. Sie wusste, dass sie ihn unbedingt anrufen musste. Später.

Nachdem sie die Zimmer geputzt und die Betten gemacht hatte, zog sie sich ins Büro zurück. Die ersten zwei Versuche verliefen erfolglos, die Nummer der Bank war besetzt. Beim dritten Mal meldete sich eine Frau mit einer sehr netten Stimme. Christina brachte ihr Anliegen vor und wurde verbunden. Am anderen Ende dudelte immer wieder ein und dieselbe Melodie. Die nette Stimme meldete sich wieder und bat um Geduld, bevor sie wieder in der Warteschleife hing.

Christina zog gedankenverloren die oberste Schublade des Schreibtischs auf. Es lag alles das darin, was man für den ganz normalen Bürokram benötigte. Immer wieder begann die Musik von vorne, was sie langsam als nervtötend empfand. Sie zog die mittlere Schublade auf. In ihr lagen Briefe, alle wüst durcheinander. Sie sahen aus wie hektisch aufgerissen und hineingeschmissen. Einen Brief fischte Christina heraus, drehte und wendete ihn. In dem Moment meldete sich ein Mann am anderen Ende der Leitung. Sie musste sich konzentrieren und legte den Brief auf den Schreibtisch. Herr Morel merkte an ihrer Aussprache natürlich, dass sie keine Französin war, und so musste sie ihm erst einmal erklären, warum eine Frau aus Deutschland in der Angelegenheit Legrand anrief. Sofort kam von ihm der Einwand, dass er nicht berechtigt sei, mit ihr über die Vermögensverhältnisse von Madame Legrand zu sprechen. Ohne Vollmacht ginge gar nichts. Zum Glück hatte Christina dieses Schreiben. Das war das Erste, was sie Binette gesagt hatte, als diese sie bat, das Gespräch mit der Bank zu führen.

Sie erläuterte in kurzen Sätzen, warum Binette die nächsten Wochen keine Möglichkeit hatte, persönlich vorbeizukommen. Monsieur Morel äußerte sein Bedauern, blätterte geräuschvoll in seinem Terminkalender und gab ihr einen Termin am kommenden Montag um 10 Uhr.

Nach dem Gespräch atmete Christina erleichtert auf.

Der erste Schritt war getan. Ihr blieb noch genug Zeit, sich ein paar Unterlagen im Büro anzusehen. Vielleicht konnte ihr auch André helfen. Immerhin kannte er sich in der Gastronomie aus.

Ihr Blick fiel auf den Umschlag, den sie auf den Schreibtisch gelegt hatte. Irgendwie hatte sie ein komisches Gefühl. Auf der Vorderseite stand in großer Werbeschrift *Votre fournisseur d'électricité*, Ihr Stromanbieter. Christina zog die Schublade noch einmal auf und starrte auf die anderen Briefumschläge. Überall derselbe Aufdruck. Sie nahm den Brief aus dem Umschlag und versuchte den Inhalt zu verstehen. Das, was sie verstand, reichte ihr schon. Binette hatte die monatlichen Stromrechnungen nicht bezahlt. Auch das noch: In diesem letzten Brief drohte man ihr mit Abschaltung vom Stromnetz. Sie wollte versuchen, das zu verhindern und zwar sofort, anderenfalls hatten sie nächste Woche keinen Strom mehr und dann konnten sie gleich dicht machen. Sie wählte die Nummer, die im Briefkopf angegeben war. Eine nuschelige Stimme meldete sich am anderen Ende. Christina hatte Mühe, sie zu verstehen und versuchte Binettes Situation zu erklären. Der Mann war mürrisch, kurz angebunden und wenig entgegenkommend. Es erforderte ihre ganze Überredungskunst, dass er Madame Legrand einen Aufschub von vier Wochen gewährte. Wenn dann nicht eine Monatsrate eingegangen wäre, wäre Schluss. Erst einmal hatte sie einen Aufschub erreicht.

Nun musste sie unbedingt noch Monsieur Fou einen Besuch abstatten. Mit einem Teenager im Haus war der

Kühlschrank ziemlich schnell leer. Aber auf den Schreck mit dem Strom wollte sie im Café *Salon de thé Nougatine* eine heiße Schokolade trinken. Dort gab es die beste in ganz Uzès und ein paar Minuten nur für sich hatte sie schon lange nicht mehr.

Aus der Küche duftete es verführerisch nach Kräutern und einem Hauch Knoblauch. André schaute zum wiederholten Mal auf die Straße. So langsam konnte Christina kommen. Er war nervös, das musste er zugeben.

Maeli schnitt in der Küche das Baguette in Scheiben. Sie war so konzentriert bei der Arbeit und wollte alle gleich dick schneiden, dass sie alles um sich herum vergaß. Dabei schaute ihre rosige Zungenspitze zwischen den Lippen hervor, was sie nicht bemerkte. André sah sie liebevoll an. Auch ihre heiß geliebte Zitronenlimonade hatte sie schon vorbereitet.

Endlich klingelte es an der Wohnungstür. Er öffnete und da stand sie. Sie sah umwerfend aus in ihrem blaugemusterten Kleid mit dem roten Gürtel. Ihre Haare trug sie erstmals offen. Bisher hatte sie sie immer mit einer Spange am Hinterkopf zusammengehalten.

„Willst du mich nicht reinlassen?", fragte sie schmunzelnd.

André schüttelte leicht den Kopf, als würde er aus einem Traum erwachen. „Entschuldige, natürlich. Komm rein." Er trat zur Seite und öffnete die Tür weiter. „Ich dachte schon, du kommst doch nicht."

„Es ist gerade erst 19 Uhr." Sie zog ihre leichte Strickjacke aus und legte sie im Flur auf den Stuhl. „Außerdem wollte ich nicht vor Maeli hier sein, nicht dass sie denkt, ich würde mich hier schon wie zu Hause fühlen."

„Tust du nicht?" André schaute Christina verschmitzt an. „Maeli, ich möchte dir gern jemanden vorstellen."

Das Mädchen steckte ihren blonden Lockenkopf zaghaft um die Ecke, dann kam sie vorsichtig ganz zum Vorschein. Mit den Händen hinter dem Rücken stand sie da und sah Christina abschätzend an.

„Maeli, ich habe dir doch von Christina erzählt."

„Salut Maeli." Christina ging auf das Mädchen zu und hielt ihr die Hand entgegen.

„Bonjour." Mehr kam von ihr nicht. Die Hände blieben hinter dem Rücken. Zwei große Kinderaugen ließen nicht den Blick von ihr.

Enttäuscht zog sie ihre Hand zurück. Vielleicht sollte sie es anders versuchen. „Ich weiß nicht, ob du Süßigkeiten magst." Sie öffnete ihre Tasche und zog eine bunte Tüte heraus.

Die Augen des Mädchens strahlten. „Oh, Karamellbonbons. Die liebe ich."

„Na, dann lass sie dir schmecken." Christina atmete auf, dass sie wenigstens damit Maeli eine Freude machen konnte. War das Eis gebrochen?

„Danke." Sie schnappte sich die Tüte und wollte sie sofort öffnen.

„Aber erst nach dem Abendessen und nicht alle auf einmal." Als ob André es geahnt hatte. Er kannte seine Tochter. Mit einem Seufzer und einem bedauernden Blick auf die Bonbons legte sie die Tüte auf die Anrichte. Sie verschwand in die Küche und kam mit einem

Tablett mit Gläsern wieder zurück, das sie vorsichtig balancierte.

„Ich habe Zitronenlimonade gemacht. Magst du?" Die Kleine stand vor ihr und schaute sie erwartungsvoll an.

Christina bedankte sich und nahm ein Glas. Maeli ließ nicht den Blick von ihr und wartete, bis sie probiert hatte. „Mmmm, die schmeckt sehr gut!"

Maeli strahlte und ging zu ihrem Vater. „Papa."

Er nahm sich ebenfalls ein Glas. „Lasst uns auf einen schönen Abend trinken."

Alle drei ließen ihre Gläser aneinander klingen. André war sehr stolz auf seine kleine Tochter und blinzelte ihr schelmisch zu. Maeli strahlte.

Für diesen besonderen Abend hatte Gabriel das Essen zubereitet. André hatte es in der letzten halben Stunde nur noch warmgehalten. „Macht es euch auf dem Balkon gemütlich und genießt eure Zitronenlimonade. Ich bin gleich wieder da." Dann verschwand er in die Küche.

Christina ging voraus. Maeli folgte ihr und beide hatten sich mit ihrer Limonade draußen niedergelassen. Als André zurückkam, unterhielten sich beide angeregt. Die Gläser waren ausgetrunken und standen auf dem Tisch.

„Papa, stell dir vor, Christina hat ein eigenes Boot. Und ein ziemlich großes sogar."

„Wir haben doch auch ein Boot, Schätzchen."

„Nur so ein kleines Ruderboot, mit dem wir auf dem Gardon paddeln." Die Kleine verdrehte die Augen.

„Ja, aber ich bin schon jahrelang nicht mehr gefahren. Es steht bei meinen Eltern in der Reederei und wird nicht genutzt."

„Ich würde so gern mal mit einem großen Boot auf dem Meer fahren." Sie hielt ihren Kopf leicht schräg und hatte einen verträumten Blick.

„Na komm, wir helfen dem Papa mit dem Essen." Christina erhob sich und stupste sie mit dem Zeigefinger in die Seite. Beide kicherten, gingen in die Küche und trugen die angerichteten Teller zum Esstisch. Maeli holte ihr geschnittenes Baguette und André kümmerte sich um die Getränke.

Das Mädchen erzählte von der Schule und ihrer Lehrerin. Sie schwärmte von den kleinen Hunden auf dem Hof von Luc und dass sie auch so gern einen hätte. Ihr Blick wanderte dabei zu ihrem Papa. Vielleicht konnte sie ihn doch mit einem gekonnten Augenaufschlag weichkriegen und er würde ein gutes Wort bei Mama einlegen. Doch der tat so, als ob er es nicht bemerkte.

Christina fühlte sich so wohl zwischen den beiden. Sie war entspannt und wünschte sich, dass es immer so blieb. Deutschland war ganz weit weg.

Nach dem Essen mahnte André Maeli zum Aufbruch. Am kommenden Tag war wieder Schule und sie sollte pünktlich ins Bett. Er hatte Flore versprochen, das Mädchen rechtzeitig nach Hause zu bringen. Alle drei räumten gemeinsam den Tisch ab und sorgten für ein wenig Ordnung in der Küche.

„Wollen wir mal zusammen auf dem Gardon Boot fahren?" Maeli sah Christina erwartungsvoll an.

„Gern, dann zeigst du mir dein Boot. Und wenn du Lust hast, kannst du mich in meinem Ferienhaus besuchen oder im Hotel."

„Chris, ich bringe Maeli nach Hause. Bleibst du?" Andrés Augen blickten sie bittend an.

„Geh nur."

„Papa, bist du so weit?"

„Ja, ich komme."

Maeli winkte Christina zu. „Bonne nuit. Bis bald."

Nachdem beide aus der Tür waren, schenkte sie sich noch ein Glas Wein ein und ging wieder nach draußen. Sie sah André und seiner kleinen Tochter hinterher. An der Ecke drehte sich die Kleine um und winkte noch einmal.

Der Süden Frankreichs. Christina schloss die Augen, nippte an ihrem Wein und ließ die Geräusche an sich vorüberziehen. Auch die Luft war hier ganz anders als in Frankfurt. Genauso hatte sie es sich zu Hause vorgestellt. Nicht dass sie mit einem Glas Wein bei einem Mann auf dem Balkon sitzen würde – aber die Luft, die Töne, das bunte Treiben. Hier könnte sie bleiben. Sie öffnete ruckartig die Augen und setzte sich überrascht aufrecht hin. Das war schon das zweite Mal, dass ihr dieser Gedanke kam. Hierbleiben. Ganz anders leben. Hatte das etwas zu bedeuten? Würde sie die Großstadt gar nicht vermissen? Den Verlag, ihre Arbeit? Ihre Eltern wären dann noch weiter von ihr entfernt. Aber Südfrankreich war nicht das Ende der Welt.

Christina hörte den Schlüssel in der Tür. André kam zurück. Sie stand auf und ging ihm entgegen. Er legte seine Arme um sie und verschränkte sie hinter ihrem Rücken.

„Ich glaube, das haben wir ganz gut hinbekommen, oder?"

„Meinst du, sie mag mich?"

„Wenn sie dich noch besser kennenlernt, dann wird sie dich lieben." Er lachte leise und vergrub sein Gesicht in ihrem Haar.

Nur ungern löste er sich von ihr. Er gab ihr einen Kuss auf die Nase und holte sich ebenfalls ein Glas Wein. Hand in Hand gingen beide wieder nach draußen. Bevor sich Christina setzen konnte, zog er sie auf seinen Schoß.

„Sag mal, würdest du mir einen Gefallen tun?" Sie sah ihn bittend an.

„Hmmm." Er trank einen Schluck.

„Würdest du mir helfen und die Unterlagen von Madame Legrand anschauen? Ich habe am Montag einen Termin bei der Bank. Binette ist doch noch im Krankenhaus und sie hat mich gebeten, ob ich das für sie übernehme."

„Glaubst du, man wird dort mit dir sprechen?"

„Binette hat mir eine Vollmacht ausgestellt und ich habe das mit Herrn Morel telefonisch schon besprochen."

„Wie kann ich dir helfen?"

„Wenn du dir die Einnahmen und Ausgaben mal anschauen könntest und wie die Auslastung in den letzten zwei Jahren war. Vielleicht haben wir zusammen ein paar Ideen, wie wir das Hotel zum Laufen bekommen. Wir müssen uns irgendetwas einfallen lassen, damit der Bankangestellte mit sich reden lässt. Was noch erschwerend hinzu kommt – nicht nur, dass Binette zwei Rechnungen an Monsieur Fou noch nicht bezahlt hat, ich habe in ihrem Schreibtisch auch Schreiben der *Fournisseur d'électricité* gefunden. Sie hat einige Stromrechnungen nicht bezahlt.

Ich habe sofort dort angerufen und sie haben uns vier Wochen Zeit gegeben. Das war es dann aber auch."

„Also gut. Ich komme morgen Mittag im Hotel vorbei." Er nahm ihr das Weinglas aus der Hand und stellte beide Gläser auf den kleinen Tisch. Können wir jetzt bitte zu den wichtigen Dingen des Lebens kommen?" Er zog sie zärtlich lächelnd zu sich heran.

„Qui, Monsieur, gern", sagte Christina leise, bevor sich ihre Lippen zu einem langen Kuss fanden.

Achtzehn

Die Eiswürfel in der Zitronenlimonade klimperten leise vor sich hin. Das Mittagessen hatte Christina heute ausfallen lassen. Loulou und sie hatten zu lange geschlafen und sehr ausgiebig gefrühstückt. Kein Vergleich zu ihrem Frühstück in Frankfurt, wo sie sich nie Zeit genommen hatte. Beim nächsten Schluck musste sie an Maeli denken, wie sie ihr neulich ihre selbst gemachte Limonade angeboten hatte. Die Kleine war wirklich zauberhaft.

Morgen Vormittag hatte Christina den Termin bei der Bank. Im Wohnzimmer auf dem Tisch lagen die Unterlagen, die André ihr zusammengestellt hatte.

Vier Stunde hatte sie mit André am Freitag in dem kleinen Büroraum hinter der Rezeption gesessen. Sie hatte sich ganz still verhalten, um ihn nicht zu stören. Zwischendurch hatte sie ihm geräuschlos einen Kaffee oder ein Glas Wasser hingestellt. Er griff immer mal wieder danach, ohne seinen Blick von den Zahlen zu wenden und blätterte weiter in den Akten, machte sich Notizen und ab und zu ratterte die alte Rechenmaschine. Nach der Schule kam Loulou und setzte sich dazu. Sie starrte auf Andrés Hand, die mit dem Kugelschreiber über das Papier flog und schwindelerregende Zahlen produzierte. Die Anspannung stand dem Mädchen ins Gesicht geschrieben. Aber nicht nur ihr, Christina war ebenso nervös.

Endlich hatte André den letzten Aktenordner zugeklappt. Er legte langsam den Kugelschreiber an die Seite. Erst sah er sie an, dann Loulou. Sein Blick war ernst. Diesen Blick kannte Christina von ihrem Vater, als er die Reederei abgegeben hatte. Er verhieß nichts Gutes.

„Eure Zahlen sehen nicht so toll aus. Um nicht zu sagen, sie sehen erschreckend aus."

Loulou hatte ihn niedergeschlagen angeschaut. André hatte ihr erklärt, dass ihre Großmutter unter diesen Umständen das Hotel bald verlieren würde. Die Bank übte ja schon Druck aus. Was konnte man aber tun? Alle drei hatten den ganzen Nachmittag zusammengesessen und Ideen und Vorschläge gesammelt. Das fing an mit Online-Werbung auf den Hotelportalen, darum wollte sich Loulou so schnell wie möglich kümmern. Sie konnten Angebote und Aktionen anbieten, wie zum Beispiel drei Übernachtungen und nur zwei bezahlen oder ein romantisches Dinner im Innenhof. Sie wollten sich jedes einzelne Zimmer samt Garten anschauen und überlegen, wo mit kleinem Budget noch Veränderungen möglich waren.

André hatte den Vorschlag gemacht, eine Mittagskarte anzubieten. Es hielten sich so viele Touristen tagsüber in der Stadt auf, die mittags etwas essen wollten. Es musste gar nichts Großartiges sein, nur eine kleine mediterrane Karte. Loulou schüttelte den Kopf. Wie sollte das gehen? Woher sollten sie jetzt so schnell einen Koch oder eine Köchin herbekommen? Die Hauptsaison hatte begonnen und Geld war dafür auch nicht da. Vielleicht würde die Bank den Kredit aufstocken, es musste nicht viel sein. Nur so viel, dass sie bis Ende des Jahres etwas für eine Küchenkraft übrighatten. Hieß, falls sie eine finden sollten. Danach würden sie weitersehen.

Stunden danach hatte ihnen ganz schön der Kopf geraucht und André lud sie und Loulou zu einer Pizza ein. Am Abend waren beide todmüde ins Bett gefallen und trotzdem hatte keiner schlafen können. Jede hatte sich Gedanken über die Zukunft gemacht.

Eigentlich hätte sie schon um vier aufstehen können. Lange hatte Christina nicht geschlafen. Nachdem die Gäste im Hotel gefrühstückt hatten, war sie mit Loulou zu ihrer Großmutter gefahren. Die Rehaklinik lag nur zwei Stunden entfernt. Beide waren überrascht, wie erholt Binette Legrand aussah, im Gegensatz zu ihrem letzten Besuch im Krankenhaus.

Christina erzählte ihr nicht, was André zu den Büchern gesagt hatte und auch von den gefundenen Rechnungen des Elektrizitätswerkes sagte sie nichts. Sie wollte die alte Dame, die auf dem Weg der Besserung war, nicht beunruhigen. Immerhin ging es um ihr Lebenswerk und sie wollte es doch so gern in Loulous Hände geben. Sie hatten mit ihr einen kleinen Spaziergang im Park gemacht und sich zwischendurch auf eine Bank gesetzt, die im Schatten einer Trauerweide stand.

Binette Legrand hatte es genossen und Christina fand, dass ihr Gesicht wieder Farbe bekommen hatte.

Freudiges Hundegebell durchbrach Christinas Gedanken. Beau kam um die Ecke gerannt. Er drehte zwei Runden im Garten und begrüßte sie dann freundlich mit wedelndem Schwanz. Danielle und Leo kamen hinterher.

„Hallo, ihr zwei." Christina erhob sich und nahm Danielle in den Arm. Leo fuhr sie freundschaftlich durch die Haare, die er verlegen wieder gerade legte.

„Wir wollten mal nach dir sehen." Danielle hielt ihr einen Strauß mit Gartenblumen entgegen.

„Kommt, setzt euch doch." Sie nahm ihr die Blumen ab und ging ins Haus. Kurz darauf kam sie mit einem Tablett mit einer Karaffe Wasser und drei Gläsern zurück. Leo saß im Schneidersitz auf dem Rasen und kraulte Beau den Bauch. Der Hund lag wohlig ausgestreckt und ließ es sich leise knurrend gefallen.

„Loulou und ich, wir machen uns Gedanken um das Hotel. Finanziell sieht es nicht gut aus. André versucht, uns dabei zu helfen." Ein kleiner Seufzer entkam Christinas Lippen. „Und am Donnerstag habe ich Maeli kennengelernt."

„Und wie war es? Komm, erzähl." Danielle schaute sie voller Neugier mit hochgezogenen Augenbrauen an.

„Ich glaube, sie mag mich." Eine kurze Pause entstand. „Aber ich bin doch bald wieder fort."

„Christina! Du liebst André und er liebt dich. Komm doch für immer nach Frankreich. Ich würde mich so freuen." Danielle zappelte aufgeregt auf ihrem Stuhl herum.

„Wer kommt hierher?" Leo war an den Tisch gekommen und trank einen Schluck Wasser.

„Du Naseweis, sei nicht immer so neugierig", neckte ihn seine Mutter. Der Junge trank mit großen Zügen sein Glas aus und verschwand wieder zu Beau.

„Es ist alles noch so frisch." Christina drehte ihr halbvolles Glas versonnen zwischen den Fingern. „Meinst du, ich kann nach so kurzer Zeit eine Entscheidung treffen und in Deutschland alles stehen und liegen lassen? Was ist, wenn das mit uns auf Dauer nicht funktioniert? Und außerdem hat André mich noch nicht gefragt."

„Vielleicht wünscht er es sich, dass du bleibst. Liebe fragt nicht nach Wenn und Aber. Das solltest du eigentlich wissen und eine Garantie gibt es für nichts. Ihr solltet wohl mal darüber reden." Ihre Stimme klang eindringlich

„Ja, du hast ja recht." Das hörte sich nicht überzeugend an.

Danielle legte sich entspannt, mit verschränkten Armen unter dem Kopf, auf die Sonnenliege und schloss die Augen. „Aber nun erzähl mal, was ist mit dem Hotel?"

Christina berichtete ihr, zu welchem Ergebnis André gestern gekommen war und was sie ändern wollten. Wenn die Bank mitspielte, wohlgemerkt. „Aber wo sollen wir jetzt noch eine Köchin oder einen Koch herbekommen? Die Saison hat bereits angefangen."

„Hm, ja, das kann schwierig werden."

Loulou kam mit eiligen Schritten durch das Wohnzimmer auf die Terrasse. Die beiden Frauen hatten nicht gehört, dass sie die Haustür aufgeschlossen hatte. Meistens fiel sie bei ihr auch mit einem gehörigen Schwung ins Schloss.

„Ich habe die Idee!" Damit sie nicht unterbrochen wurde, sprach sie schnell weiter. „Ich war mit Dodo zusammen und habe ihr erzählt, was wir mit dem Hotel vorhaben und dass wir jemanden für die Küche suchen und stellt euch vor", ihre großen Augen strahlten, „ihre Mutter könnte für uns kochen!"

„Stopp, stopp, stopp, langsam." Christina hob die Hand und versuchte Loulous Redeschwall zu bremsen. Sie glaubte, sich verhört zu haben, zumal das Mädchen sich immer sehr schnell begeistern ließ. „Noch mal zum Mitschreiben. Also, Dodo meint, dass ihre Mutter tatsächlich für uns kochen würde? Sie hat derzeit keinen Job und Zeit dafür?" Ungläubig sah sie Loulou an.

„Ja! Sag ich doch!" Loulou lehnte an der Terrassentür mit untergeschlagenen Armen und schaute in die Runde mit einem Blick, der ausdrückte: *Na, wie habe ich das gemacht?*

„Das wäre zu schön, um wahr zu sein."

„Dann ruf sie an und sprich mit ihr." Loulou legte einen Zettel mit einer Telefonnummer auf den Tisch.

„Das nenne ich geschäftstüchtig." Danielle sah das Mädchen kopfnickend bewundernd an.

Zaghaft griff Christina mit der einen Hand nach dem Zettel und mit der anderen zum Telefon, das auf dem Tisch lag. Sie wählte die Nummer und während sie gespannt auf das Freizeichen wartete, ging sie ins Wohnzimmer. Ihre Stimme drang während des Telefonats nur leise nach draußen. Danielle und Loulou konnten nicht verstehen, was gesprochen wurde. Zwei Augenpaare schauten sie erwartungsvoll an, als Christina wieder auf die Terrasse kam.

„Und? Nun sag schon." Ungeduldig zappelte Loulou auf der Stelle herum.

„Wir treffen uns morgen Mittag und besprechen alles Weitere." Christinas Geschichtszüge entspannten sich. Endlich klappte mal etwas.

„Ja! Ich hab's gewusst!"

„Wenn das was wird, wäre es toll."

„Das klappt bestimmt. Ihr werdet euch schon einig werden." Danielle war sehr zuversichtlich.

„Wie sieht's aus, heute Abend Mädelsabend bei André? Ich lade euch ein zur Feier des Tages." Christinas Blick wanderte erwartungsvoll in die Runde.

„Ich bin dabei", kam es von Loulou.

„Ich auch," erwiderte Danielle übermütig.

„Gut, dann rufe ich André an, dass er uns für acht Uhr einen Tisch reserviert.

André hatte ihnen wie immer einen Tisch abseits des Touristenstroms freigehalten. Das war inzwischen Christinas Stammplatz. Er dachte wirklich an alles. Christina hatte ihm kurz erzählt, dass sie voraussichtlich eine Köchin für das Hotel hatten und sie im Stillen inständig betete, dass es klappte.

„Das wird schon. Warte mal ab." Noch so ein Optimist wie Danielle, dachte sie.

„Wenn ich nur das Gespräch bei der Bank bereits hinter mir hätte. Monsieur", sagte sie gespielte ernst, „drei

Glas Wein, s'il vous plaît. Vite vite." Es sollte ein unbeschwerter Abend werden.

Die drei hatten sich so viel zu erzählen, dass sie aufpassen mussten, dass ihre Pizzen nicht kalt wurden.

Unversehens ging ein Ruck durch Danielles Körper. Kerzengerade saß sie auf ihrem Stuhl und schaute mit zusammengekniffenen Augen und versteinerten Gesichtszügen die kleine Gasse hinunter. Christina hatte es bemerkt und sah erst Danielle an und dann in die Richtung, in die ihr Blick gerichtet war.

„Danielle?"

Sie hörte sie gar nicht. Ihre Augen glitten suchend durch die Menschen, als hätte sie einen Geist gesehen. Danach sah sie auch aus. Sie war ganz blass geworden.

„Danielle, was ist?"

„Nichts. Schon gut." Sie schaute wieder auf ihren Teller und kratzte mit schnellen Bewegungen nervös die letzten Krümel ihrer Pizza zusammen.

„Ach, komm schon."

Danielle verharrte in ihrer Bewegung. „Ich dachte, ich hätte den Kerl mit dem schwarzen Hut gesehen."

„Wo?" Christina versuchte nun ebenfalls durch die Menschenmenge etwas oder jemanden zu entdecken.

„Ich habe mich bestimmt getäuscht." Danielle schüttelte den Kopf. So ganz überzeugt klang das nicht, eher beunruhigt, da konnte sie Christina in keiner Weise was vormachen.

„Ihr habt jetzt schon so lange nichts mehr von ihm gehört. Die ganze Geschichte hat sich bestimmt erledigt."

Loulou hatte aufmerksam zugehört und zwischen den

beiden Frauen hin- und hergeschaut. Irgendwie verstand sie gar nichts. Wie sollte sie auch? „Welcher Mann mit schwarzem Hut und welche Geschichte hat sich erledigt?"

„Das erzähle ich dir später zu Hause." Christina legte ihr beschwichtigend die Hand auf den Arm.

„Ja, genau. Lass dir das von Christina in Ruhe erklären." Danielle hob die Hand. Paul nickte ihr zu, kassierte bei einem älteren Paar am Nebentisch ab und kam zu ihnen. „Noch drei Gläser Wein, bitte." Sie zeigte in die Runde.

„Bitte nur zwei Gläser Wein", unterbrach sie Danielle. „Was möchtest du noch trinken?" Sie blickte Loulou an. Die sah sie groß an und wollte protestieren. Kein Wein mehr für sie? Sie war doch kein kleines Kind mehr. Christinas Blick sagte etwas anderes. Loulou schlug beleidigt ihre Arme unter wie ein kleines bockiges Kind und zog ihre Augenbrauen zusammen.

„Ein Glas Wein reicht. Also, was möchtest du?"

Sie atmete hörbar aus, entspannte sich dann aber. „Eine Cola."

Paul nickte und nahm daraufhin noch am Nachbartisch die Bestellung auf. Der Abend war trotz des kleinen Zwischenfalls unbeschwert und fröhlich. Untergehakt machten sie sich zu vorgerückter Stunde auf den Nachhauseweg. Im Vorgarten im Schein der Haustürlampe verabschiedeten sie sich kichernd.

Vor Christinas Wohnungstür siegte Loulous Neugier. „Was war denn nun mit dem Mann mit dem schwarzen Hut?"

„Komm erst mal rein."

Im Wohnzimmer öffnete sie die Terrassentür und Loulou folgte ihr. Sie wollte jetzt unbedingt wissen, was los war. In groben Zügen erzählte ihr Christina die Geschichte von dem Zirkusmann mit dem schwarzen Hut, der meinte, dass Beau ihm gehöre und dass Eric Beau damals verletzt auf der Landstraße gefunden hatte. Dass niemand den Hund vermisst hatte und jetzt, Jahre später, auf einmal dieser Mann das Haus von Eric und Danielle beobachtete.

„Und nun? Was wollen sie unternehmen?" Loulous fragende Augen waren im Dunkeln auf Christina gerichtet.

„Ich weiß es nicht. Da kann man nicht viel machen. Danielle hat natürlich Angst, dass dieser Mann wiederkommt und Beau zurückhaben will. Das würde Leo das Herz brechen."

„Aber vielleicht hat er ja eingesehen, dass der Hund nach so langer Zeit Leo gehört."

„Hoffentlich. Komm, lass uns schlafen gehen."

Neunzehn

In der Bank herrschte geschäftiges Treiben. War denn allen Menschen am Wochenende das Geld ausgegangen oder war der Geldautomat draußen defekt? Am Kassenschalter bildete sich eine Schlange. Christina saß auf einem Besucherstuhl genau gegenüber. Sie war zu früh. Lieber zu früh als zu spät, ging es ihr durch den Kopf. Und nervös war sie auch.

Den braunen Umschlag mit den Unterlagen hielt sie so fest in der Hand, dass die Knöchel weiß hervortragen. Dies war ihre Eintrittskarte für das Gespräch mit Monsieur Morel. Hoffentlich sah er das genauso.

Mit der rechten Hand zog sie am Saum ihres Kleides, das etwas hochgerutscht war und ihrer Meinung zu viel von ihren schlanken Beinen zeigte. Immerhin wollte sie doch seriös auftreten. Es war heute Morgen gar nicht so leicht, das passende Outfit für den Termin zu finden. In ihrer Urlaubsgarderobe befand sich kein Kleid für Geschäftstermine. So war das ja auch nicht geplant gewesen. Dann hatte sie sich für das blaue mit dem roten Gürtel entschieden. Die Farbe sah immer seriös und geschäftlich aus.

Sie schob sich eine Strähne hinter das Ohr, welche aus ihren hochgesteckten Haaren herausgerutscht war. Unauffällig warf sie einen Blick auf ihre Armbanduhr. Es war genau zehn Uhr. Wo blieb Monsieur Morel?

Abwartend blickte sie sich um. Die junge Frau an der Kasse mit der auffälligen großen Brille lächelte zu ihr herüber, bevor sie sich wieder einem Kunden zuwandte. Die Schlange vor ihrem Schalter konnte sie nicht aus der Ruhe bringen.

Telefone klingelten im Hintergrund. Christinas Augen wanderten von einem Werbeplakat zum anderen an der Wand. Eigentlich interessierten sie die überhaupt nicht, aber irgendwie musste sie ihre Nervosität in den Griff bekommen. Ein alter Herr mit Stoppelbart und Schirmmütze trat an die Kasse und ließ sich einen Geldbetrag auszahlen. Umständlich, aber ganz gewissenhaft verstaute er die Geldscheine in einen zerknitterten Umschlag und schob ihn in eine Aktentasche. Diese klemmte er sich fest unter den Arm und verließ die Bankfiliale.

In dem Moment hörte Christina ein leises Summen aus der Handtasche. Verflixt, sie hatte vergessen, ihr Handy auf lautlos zu schalten. Sie griff schnell in ihre Tasche und schaute auf das Display. Ein kleines Lächeln umspielte ihre Lippen. André wünschte ihr Glück. Ein vierblättriges Kleeblatt und ein Herz zierten die Textnachricht. Sie antwortete nur ganz kurz, dann stellte sie das Handy ab.

Die Zeiger der Uhr, die über der Kasse hing, rückten unaufhörlich lautlos weiter. Es war schon zehn Minuten über der verabredeten Zeit. Eine Tür neben dem Kassenschalter öffnete sich und ein Mann in einem cremefarbenen Anzug trat heraus. Er war klein und etwas untersetzt mit schütterem grauem Haar. Winzige Schweißperlen standen ihm auf der Stirn und der Leinenanzug sah nicht mehr ganz frisch aus. Er schaute sich kurz um und als sein Blick Christina traf, kam er mit ausgestreckter Hand auf sie zu.

„Madame Bauer, entschuldigen Sie vielmals." Mit einem galanten Lächeln umfasste er ihre Hand und schüttelte sie, als wollte er sie gar nicht mehr loslassen. „Ich bin untröstlich. Leider hat das Telefonat etwas länger gedauert. Aber jetzt bin ich voll und ganz für Sie da."

„Kein Problem." Im Stillen dachte sie, dass das natürlich ein Problem war. Er hatte den Termin vorgeschlagen. Was wäre passiert, wenn sie zu spät gekommen wäre? Das hätte ihm sicher nicht gefallen.

Monsieur Morel trat einen Schritt zur Seite und ließ ihr den Vortritt. Die freundlich dreinblickende Frau an der Kasse nickte ihr zu, als wollte sie ihr Mut machen.

In seinem Büro deutete Monsieur Morel auf einen Stuhl vor seinem Schreibtisch. „Bitte setzten Sie sich. Darf ich Ihnen etwas zu trinken anbieten?"

Christina bedankte sich freundlich, lehnte aber ab.

„Sie hatten am Telefon schon gesagt, um was es geht." Er setzte sich hinter seinen Schreibtisch. Durch seine geringe Körpergröße verschwand er fasst in seinem Schreibtischsessel. Mit gefalteten Händen schaute er sie erwartungsvoll an.

„Ja, nachdem Ihre Bank Madam Legrand wegen ihrer finanziellen Lage angeschrieben hat und Madame aus gesundheitlichen Gründen den Termin nicht wahrnehmen kann, hat sie mich gebeten, mit Ihnen zu sprechen." Christina nahm ihren Umschlag und zog die Vollmacht von Binette hervor. „Und damit alles seine Richtigkeit hat, habe ich Ihnen das gewünschte Dokument mitgebracht." Sie schob das Blatt Papier über den Schreibtisch.

Monsieur Morel studierte es eingehend. Einmal zog er die rechte Augenbraue etwas hoch. Hoffentlich hat er nichts zu beanstanden, dachte Christina und beobachtete ihn genau.

„Sehr gut, Madame Bauer."

Sie atmete erleichtert auf. Er schob das Schriftstück zur Seite. Auf seinem Schreibtisch lag alles an seinem Platz und in Reih und Glied. Kugelschreiber und Bleistift oberhalb der Schreibtischunterlage, einige Papiere akkurat aufeinander links von ihm, auf der rechten Seite der Computerbildschirm und die Tastatur. Alles war genau ausgerichtet und kein Staubkorn glitzerte in der Sonne, die durch die Vorhänge fiel. Monsieur Morel schien ein korrekter, vielleicht sogar pedantischer Mensch zu sein.

„Wie Sie sicher wissen, hat Madame Legrand vor vier Jahren einen Kredit für das Hotel aufgenommen. Leider sind die Tilgungen in den letzten Monaten nur zögerlich, manchmal gar nicht eingegangen. Wir haben Madame schon zweimal angeschrieben mit der Bitte, ihren Verpflichtungen nachzukommen. Sie hat uns dies immer wieder telefonisch zugesichert. Leider vergebens." Sein Blick ruhte mit Bedauern auf Christina.

Sie versuchte ihm in den nächsten Minuten zu erklären, wie Binettes Lage war. Dass die moderne Technik unaufhörlich voranschritt und sie in ihrem Alter keinen Zugang mehr zum Internet fand, wodurch ihr Hotel online nicht zu finden war. Was in der heutigen Zeit einen Untergang bedeuten konnte. Sie berichtete von Loulou, die in vier oder fünf Jahren mit in das Hotel einsteigen wollte, damit es in Familienbesitz blieb.

„Haben Sie Kinder, Monsieur Morel?" Christina schaute ihren gegenüber fragend an.

Dieser nickte zögerlich. Er wusste nicht, auf was sie hinauswollte. „Ja, zwei Jungen."

„Sehen Sie. Was würden Sie sagen, wenn ein junger Mensch, der genaue Vorstellungen von seiner Zukunft hat, diese begraben muss, weil ihm nicht die Möglichkeit gegeben wird, ein altes Familienunternehmen weiterzuführen?"

Es war still. Man hätte eine Stecknadel fallen hören können. Sie beobachtete Monsieur Morel genau. Hoffentlich hatte sie nicht zu dick aufgetragen, dachte Christina. Wie würde er reagieren?

„Wie haben Sie sich denn gedacht, dass es weitergeht mit dem Hotel und die Bank wieder zu ihrem Geld kommt?" Monsieur saß zurückgelehnt in seinem Schreibtischstuhl, die Augenbrauen zusammengezogen, und die Finger seiner rechten Hand trommelten einen leisen Takt auf der Armlehne. Auf eine Antwort wartend, sah er Christina an.

Sie atmete tief durch. Wenigstens hatte er nicht von vornherein abgelehnt. Mit einem erneuten Griff in den Umschlag zog sie zwei Klarsichthefter hervor. Einen gab sie ihrem Gegenüber, einen behielt sie. „Ich habe einen

Business-Plan ausgearbeitet. Darin sind die Forderungen der Bank enthalten. Ich habe die heutige Lage dargestellt und aufgezeigt, wie wir vorgehen wollen, um die Hotelauslastung zu steigern und auf lange Sicht Gewinne zu erzielen. Wir müssen natürlich Renovierungen durchführen und die Ausstattung des Hotels verbessern. Außerdem ist es notwendig, eine Arbeitskraft für die Küche einzustellen. Wir haben vor, eine kleine Mittagskarte anzubieten."

Während sie sprach, blätterte Monsieur interessiert in den Unterlagen. Von Zeit zu Zeit verweilte sein Blick länger auf einer Seite und er studierte die Aufzeichnungen genau.

Jetzt nur keine Nervosität zeigen, dachte Christina. Er sollte nicht die Spur einer Unsicherheit bei ihr bemerken. Monsieur blätterte weiter. Unvermittelt stutzte er und seine rechte Augenbraue zuckte nach oben. Er beugte sich vor, legte die Unterlagen auf den Schreibtisch und stützte seinen Kopf in seine linke Hand. Die Rechte spielte mit einem Kugelschreiber. Für Christina war die Stille nervenaufreibend. Dann hob er langsam seinen Kopf und sah sie an. Sein Blick verhieß im ersten Moment nichts Gutes.

„Sie möchten, dass wir den Kredit aufstocken!"

Christina wurde es ganz komisch. Auch das noch. Dieser Satz stand im Raum und war nicht als Frage formuliert. Jetzt kam es darauf an und sie setzte sich aufrecht hin. Sie begann zu sprechen. André hatte ihr erklärt, worauf sie achten und wie sie argumentieren sollte. Sie versetzte sich nach Frankfurt in eine Mitarbeiterbesprechung.

Tom fand ihre Rhetorik schon immer erstklassig. Jetzt musste das nur noch bei Monsieur Morel funktionieren.

Während ihrer Ausführungen senkte sie nie den Blick, sondern sah Monsieur fest in die Augen. Er sollte ihre Entschlossenheit spüren und dass sie vom Erfolg des Plans überzeugt war. Im richtigen Moment blätterte sie in den Unterlagen und zeigte auf die Zahlen. Schließlich war sie am Ende ihrer Ausführungen. Christina hatte kein Gefühl, wie lange sie gesprochen hatte. Sie fühlte sich, als war ihr jegliche Energie entwichen.

Der Bankangestellte hatte ihr aufmerksam zugehört, ohne eine Regung zu zeigen oder sie zu unterbrechen. Seine Finger spielten mit einer Büroklammer, die er hin und her drehte. Er blätterte hier eine Seite auf und ging dort eine Berechnung durch. Nur die kleine silberne Standuhr auf dem Schreibtisch tickte leise. Christina bemühte sich, ruhig zu atmen und sich ihre Anspannung nicht anmerken zu lassen.

„Madame Bauer, das hört sich alles sehr interessant an und ich glaube, dass das sogar klappen könnte."

Christina lächelte ihn befreit an.

„Aber ich entscheide leider nicht allein über Ihr An-liegen."

O nein, hatte sie sich etwas schon zu früh gefreut?

„Ich werde Ihre Unterlagen an unsere Hauptfiliale zur Prüfung weitergeben. Sie werden dann zu gegebener Zeit von uns hören." Monsieur Morel erhob sich umständlich und kam um seinen Schreibtisch herum.

Na super, das war's ja dann wohl, dachte sie und stand ebenfalls auf. „Können Sie mir sagen, wann das sein wird?"

„Tut mir leid, Madame. Das liegt nicht in meiner Hand." Er begleitete Christina bis in den Schalterraum. Hier war alles wie vorher. Monsieur verabschiedete sich mit einer leichten Verbeugung von ihr, wünschte einen schönen Tag und verschwand wieder in seinem Zimmer.

Draußen auf dem Bürgersteig blieb sie unschlüssig und frustriert stehen. Auf dem Sandplatz einige Meter weiter spielten ein paar alte Herren Petanque und das Klacken der Kugeln, wenn sie aneinanderstießen, war bis hier zu hören.

Das war nicht, was Christina vom Termin erwartet hatte. „Das liegt nicht in meiner Hand", murmelte sie leise vor sich hin und versuchte dabei, die Stimme von Monsieur Morel nachzuahmen. Ein Mann, der am Geldautomaten stand, schaute sie irritiert an. Christina bemerkte es nicht. Was nun? Es half alles nichts. Sie musste abwarten. Heute war Montag, wenn sie bis Freitag keine Antwort hatte, dann wollte sie Monsieur anrufen und nachfragen.

Die Kirchturmuhr schlug. Christina musste sich beeilen. Sie hatte sich mit Dodos Mutter verabredet. Hoffentlich konnte sie sich mit Madame Coupe einigen. Dabei hatte sie noch gar keine Ahnung, ob sie den Kredit von der Bank überhaupt genehmigt bekam. Wenn nicht, konnten sie sowieso alles vergessen und ihre ganze Planung war umsonst.

Von weitem sah sie sie schon vor dem Hotel warten. Sie beschleunigte ihren Schritt und kam leicht außer Atem an. Vor ihr stand eine große schlanke Frau mit einem schwarzen Pagenschnitt. Die dreiviertellange Jeans mit dem weißen Poloshirt unterstrich ihre Figur. Über der Schulter trug sie eine Basttasche, an deren Träger ein kleines rotes Tuch angebunden war.

„Madame Coupe nehme ich an. Bonjour, ich bin Christina Bauer. Wir haben telefoniert." Sie streckte der Frau freundlich lächelnd die Hand entgegen. „Entschuldigen Sie, dass ich sie warten ließ." Christina öffnete die Hoteltür und machte eine einladende Handbewegung.

„Kein Problem, ich bin auch gerade erst gekommen." Madame ging vorweg in die Halle. Ein leichter Geruch von Maiglöckchen wehte hinter ihr her.

„Kommen Sie, wir setzen uns in den Garten. Kann ich Ihnen etwas zu trinken anbieten? Wasser, Limonade oder einen Kaffee?"

„Eine Limonade nehme ich gern."

Christina öffnete die Tür zum Garten. „Dann setzen Sie sich doch, ich bin gleich wieder dan."

Als sie wieder mit dem voll beladenen Tablett zurückkam, bewunderte Madame Coupe die Blumen. „Es ist traumhaft hier."

„Ja, es ist bloß tragisch, dass Madame Legrand die Geschicke des Hotels nicht mehr mit voller Kraft leiten kann. Sie wissen, was passiert ist?"

„Ja, Loulou hat es meiner Tochter erzählt."

„Madame Coupe, ich möchte mit Ihnen kurz besprechen, um was es geht." Christina erzählte ihr, was in den nächsten Monaten geplant war. Dass sie, Christina, nur noch zwei Wochen hier sein würde, erwähnte sie nicht. „Wir suchen jemanden für die Küche. Es soll eine kleine Mittagskarte geben. Das Frühstück bereite ich in nächster Zeit noch selbst zu. Sie müssten morgens also nicht so früh hier sein. Abends, haben wir überlegt, bieten wir von Zeit zu Zeit mit Voranmeldung ein Abendessen an. Könnten Sie sich das vorstellen?"

„Ich habe bis zu Dodos Geburt in einem Hotel in der Küche gearbeitet. Aus familiären Gründen habe ich dann aufgehört. Mein Mann hatte zu der Zeit eine gut bezahlte Stelle. Im Moment kann er nach einem Unfall noch nicht wieder arbeiten, daher käme mir der Job gerade recht. Ich glaube schon, dass ich nichts in der Küche verlernt habe."

„Und zeitlich würde das bei Ihnen gehen? Auch in den Abendstunden?"

„Ja sicher. Wenn Sie nichts dagegen haben, könnte ich ja eine kleine Karte zusammenstellen."

„Das wäre ausgezeichnet. Haben Sie sich über Ihr Gehalt bereits Gedanken gemacht?"

Madame Coupe nannte einen Betrag, den Christina akzeptabel fand. „Ich bespreche das mit Madame Legrand. Wenn alles klappt, wie wir uns das vorstellen, dann werden Sie den Vertrag bei ihr unterschreiben. Das Problem, das möchte ich Ihnen nicht verheimlichen, ist noch die Bank. Wir sind gezwungen, die Finanzen anders aufzustellen, um diesen Sommer über die Runden zu kommen und um einen Grundstein für das nächste Jahr zu legen. Der Bankangestellte konnte noch keine Zusage erteilen. Ich bin da aber sehr zuversichtlich." Das war zwar etwas geflunkert, doch Christina wollte an nichts anderes denken und Madame Coupe in ihrer Entscheidung nicht verunsichern. „Wir treffen uns am kommenden Montag wieder und besprechen alles Weitere. Sie haben die Mittagskarte dabei, ich habe mit Madame Legrand gesprochen und von der Bank habe ich sicher auch die Zusage. Und sofort kann es losgehen." Madame Coupe nickte zustimmend und erfreut.

Beide erhoben sich gleichzeitig. Christina bedankte sich bei ihr und brachte sie zur Tür. Sie hatte ein gutes Gefühl nach diesem Gespräch. Wenn das alles klappte, hatte sich ihr Aufenthalt in Frankreich gelohnt.

In dem Moment, als sie das kleine Büro hinter der Rezeption betrat, vibrierte ihr Handy. André war gespannt und wollte unbedingt erfahren, wie ihr Gespräch bei der Bank verlaufen war. Sie berichtete ihm von Monsieur Morel und ihren Verhandlungen. Ein kleiner Seufzer kam über ihre Lippen, während sie André erzählte, dass sie nicht sagen konnte, wann sie Bescheid bekommen würde. Als sie Monsieurs Satz, *Das liegt nicht in meiner Hand*, nachmachte, lachte er herzhaft.

„Mach dir keine Sorgen. Das klappt bestimmt."

„Hoffentlich", kam es nicht so überzeugt von ihr.

„Sehen wir uns heute Abend?"

„Gern, ich komme vorbei und bringe einen Bärenhunger mit." Sie schickte einen Kuss durch das Telefon und legte auf.

Zwanzig

W ie schnell der Mensch sich doch an Provisorien ge-
wöhnte. Christina lag schon eine ganze Weile wach
auf ihrer behelfsmäßigen Schlafstätte. In zehn Tagen war
ihr Urlaub vorbei. Sie würde zurück nach Frankfurt fahren und ihr altes Leben wieder aufnehmen, als hätte sich
nichts geändert. Jeden Tag sich durch den Stadtverkehr
quälen und acht Stunden oder mehr im Verlag sitzen.
Wollte sie das wirklich? Mit dem Arm unter dem Kopf
starrte sie an die Decke, als würde sie dort die Antwort
finden. Im Moment konnte sie sich das jedenfalls noch
gar nicht vorstellen.

Sie hatte in den letzten Tagen und Wochen so viel
Neues erlebt, das Gespräch mit Monsieurs Morel von der
Bank eingeschlossen. Er selbst war nett und zuvorkom-
mend gewesen und fand ihre Pläne einwandfrei. Sie wollte
ihm nicht unrecht tun, er machte auch nur seine Arbeit.
Jetzt hing es davon ab, was die Damen und Herren in der
Hauptfiliale dazu sagen würden. Und von dort hatte
sie bis heute nichts gehört. Am Freitag, vier Tage nach
ihrem Besuch in der Bank, hatte sie Monsieur angerufen

und nachgefragt, ob er schon etwas Genaueres wissen würde. Aber nein, nichts. Er hatte sie freundlich vertröstet.

Hatte sie sich so ihren Urlaub vorgestellt? Sicher nicht. Sie wollte Museen besuchen, sich die Gegend anschauen und auf dem Gardon paddeln. Und jetzt versuchte sie, ein kleines Hotel zu retten und kümmerte sich um einen Teenager. Doch irgendwie machte es ihr auch Spaß.

Leise stand sie auf und schlich in die Küche. Sie wollte Loulou nicht wecken. Das Mädchen hatte endlich Schulferien, heiß ersehnt, und vor allen Dingen hatte sie wider Erwarten die Versetzung in die nächsthöhere Klassenstufe geschafft. Sie war so selig, als sie am letzten Schultag mit ihrem Zeugnis wedelnd zur Tür hereinstürmte und ihr vor Freude und Erleichterung um den Hals fiel. Die vorangegangenen Wochen waren schwer für sie gewesen. Zum Glück ging es Madame Legrand schon wieder besser. Christina und Loulou wollten sie heute in der Kurklinik besuchen.

Der Kaffeeautomat surrte leise vor sich hin, als sie sich einen Milchkaffee aufbrühte. Mit dem Becher in der einen und einer Zeitung in der anderen Hand betrat sie die Terrasse und setzte sich in den Liegestuhl unter der Linde. Dass sie noch nicht angezogen war, spielte keine Rolle. Hier konnte sie sich in Pyjama-Hose und Top frei bewegen. In dem abgeschiedenen kleinen Garten sah sie keiner. Dieser Platz war in den letzten Wochen ihr Rückzugsort geworden. Oft hatte sie hier spät abends noch gesessen und den Tag Revue passieren lassen. Sie hatte von hier einen herrlichen Blick in den Garten mit all seiner Pflanzen- und Blumenpracht und sie genoss den Duft der Rosen und Kräuter.

Christina setzte sich und zog die Beine an. Mit beiden Händen hielt sie den bunten Kaffeebecher, den sie sich in dem kleinen Töpferladen in Uzès schräg gegenüber von Andrés Restaurant gekauft hatte. Sie trank einen Schluck und hing ihren Gedanken nach.

Ob sie hier leben könnte? Immer wieder hatte sie sich das in den letzten Tagen im Stillen gefragt. Hier leben? Warum nicht? Aber dann hatte sie kein festes Einkommen. Sie konnte in Frankfurt doch nicht rigoros alles stehen und liegen lassen. Was sollte sie hier beruflich machen? Ihre Sprachkenntnisse reichten für die Ausübung ihres Berufes sicher nicht aus. Sie würde nicht für immer in dem kleinen Hotel arbeiten. Vor allem: Wollte André, dass sie blieb? Wollte sie das überhaupt aus vollem Herzen? Wenn sie mit André Zeit verbrachte, fühlte sich alles richtig und so leicht an. So wie gestern Abend.

Sie hatten zusammen gegessen. Sehr spät, nachdem die Gäste schon gegangen waren. Die Tür war abgeschlossen, das Licht gelöscht. Bei Kerzenschein und einem Glas Wein hatten sie die Zweisamkeit genossen. Er wollte mehr aus ihrem Leben erfahren und über Hamburg, wo ihre Eltern wohnten. Er erzählte von seiner Familie und von Paris, wo er einige Jahre gelebt und Flore kennengelernt hatte. Sie wäre gern über Nacht bei ihm geblieben...

Loulou kam in den Garten und damit lösten sich ihre Gedanken in Wohlgefallen auf. „Guten Morgen." Das Mädchen streckte sich auf der Gartenliege lang aus und rekelte sich. Frisch und wach, sah anders aus. „Gibt es bald Frühstück?" Ihre Stimme klang noch ganz verschlafen.

„Was hältst du davon, wenn du Croissants holst und ich den Frühstückstisch decke? Danach fahren wir zu deiner Großmutter."

Das ließ sich Loulou nicht zweimal sagen. Sie sprang auf und rannte mit wehenden und zerzausten Haaren ins Haus. „Ich beeile mich." Für einen Besuch bei ihrer Groß-mutter tat sie alles.

Die Kurklinik war ein imposantes Haus mit vielen Er-kern und Türmchen, das im letzten Jahrhundert einem Grafen gehört hatte. Da dieser unverheiratet und ohne Kinder starb, fiel das Haus an den Staat. Ein Kiesweg schlängelte sich an großen Rasenflächen und bunten Blumenrabatten vorbei zum Haupteingang. Ein Gärtner war dabei, die Rabatten zu sprengen, damit die Pflanzen in der Hitze nicht die Köpfe hängen ließen.

Christina, Binette und Loulou spazierten im Park. Auf einer Bank im Schatten eines Baumes setzten sie sich und vor ihnen lag ein See. Am Bootssteg war ein weißes Ruderboot vertäut. Das Wasser flimmerte in der Sonne und ein Entenpaar schwamm mit seinen vier Kleinen dicht am Ufer im Schatten des Schilfs entlang. Die bei-den Frauen hatten Loulou in die Mitte genommen. Diese schmiegte sich zärtlich an ihre Großmutter. Binette legte einen Arm um sie und gab ihr einen Kuss auf die Wange.

„Wie lange musst du noch bleiben, Grand-mère?"

„Sechs Tage."

Das Mädchen zog die Stirn kraus.

„Nun zieh nicht so ein Gesicht." Binette schüttelte den Kopf, als sie den Gesichtsausdruck ihrer Enkelin sah. „Die Zeit vergeht so schnell und ehe du dich versiehst, bin ich wieder zu Hause. Erzähl mir lieber, wie du das hinbekommen hast, dass du doch noch versetzt wurdest."

Ihre Enkelin befreite sich aus der Umarmung, setzte sich vorn auf die Kante der Bank und schaute sie mit großen Augen an. Mit Worten und ausholenden Gesten erklärte sie, wie sie es geschafft hatte, doch noch eine Klassenstufe aufzurücken.

Binette strahlte vor Stolz. „Ich wusste, dass du das kannst." Sie drückte Loulous Hand und ihr Blick glitt zu Christina. „Ich weiß gar nicht, wie ich das wiedergutmachen kann, dass Sie sich so um Loulou kümmern und dann auch noch um das Hotel. Dabei sind Sie gekommen, um hier Urlaub zu verbringen."

„Das ist schon in Ordnung. Wenn Sie wüssten, wie meine Arbeit in Frankfurt aussieht. Weil wir gerade von dem Hotel sprechen, ich habe die Mahnungen der Elektrizitätsfirma in ihrem Schreibtisch gefunden, Binette." Die alte Dame schaute schuldbewusst auf die Erde. „Das hätten Sie mir sagen müssen."

Sie nickte. „Ich weiß, doch das alles überstieg einfach meine Kräfte."

Christina erzählte Binette von ihrem Gespräch mit Monsieur Morel von der Bank. Leider konnte sie ihr immer noch nichts Positives sagen. Die Last war Madame Legrand also immer noch nicht von den Schultern genommen. Um ihr ein wenig mehr Hoffnung zu geben, berichtete sie ihr im Einzelnen, was Loulou, André und sie sich überlegt hatten, um die Auslastung des Hotels zu steigern. Auch von Madame Coupe, Dodos Mutter, berichtete sie. Immer vorausgesetzt, dass die Bank mitspielte.

„Ich hoffe inständig, dass das klappt", sagte Binette Legrand mit einem Seufzer. „Ich danke euch beiden so sehr." Dabei sah sie Christina und Loulou mit Tränen in den Augen an.

Sie schlenderten langsam zurück und tranken auf der Terrasse der Kurklinik unter einem großen Sonnenschirm noch einen Kaffee. Binettes Augen verharrten auf Christina, als würden ihr schwerwiegende Dinge durch den Kopf gehen. Von einer Minute auf die andere überzog ein hoffnungsvolles Leuchten ihr Gesicht.

„Christina, können Sie sich vorstellen, das Hotel zu leiten, bis Loulou so weit ist?"

Erstaunt schaute Christina die alte Dame an. Sie setzte bedächtig ihre Kaffeetasse ab und suchte die richtigen Worte, ohne Binette vor den Kopf zu stoßen. „Mein Urlaub ist fast vorbei. Ich kann doch in Deutschland nicht geradewegs alles aufgeben. Mal aushelfen, ja, jedoch einen längeren Zeitraum leiten, das habe ich nicht gelernt."

„Sie können das, das weiß ich. Allein schaffe ich das nicht mehr und zu Ihnen habe ich Vertrauen. Auch wenn wir uns erst so kurz kennen." Binette Legrand hatte sich nach vorn gebeugt und sah Christina eindringlich an.

„Ich fühle mich geehrt, trotzdem kann ich Ihnen hier sofort keine Zusage geben."

„Überlegen Sie es sich. Bitte." Sie legte ihre Hand auf Christinas. „Bitte!" Ihre Stimme klang flehentlich.

„Ich denke darüber nach. Versprechen kann ich Ihnen nichts."

Einundzwanzig

Zurück in Uzès bog Christina in die Straße ein, in der ihre kleine Ferienwohnung lag. Von weitem sah sie Danielle mit einem großen Blumenstrauß im Arm. Sie hupte und winkte und fuhr in die Grundstückseinfahrt. Loulou lief sofort ins Haus, während Christina Danielle entgegenging.

„Kann ich dir helfen?", fragte sie und nahm ihr, ohne auf eine Antwort zu warten, kurzerhand den Blumenstrauß ab, damit sie eine Hand frei hatte.

„Danke, aber das wäre schon gegangen." Danielles Blick glitt zu der gegenüberliegenden Straßenseite. Christina ahnte, an was sie dachte. Heute stand das große schwarze Auto nicht dort. Sie versuchte, sie auf andere Gedanken zu bringen.

„Möchtet ihr – du, Eric und Leo – heute Abend nicht zum Abendessen kommen? Ich frage André noch und dann koche ich uns etwas Schönes."

„Danke, das ist total lieb. Gern." Danielle schloss die Haustür auf, nahm ihr den Strauß ab und ging hinein. Im Flur schaute sie sich noch einmal um und sprach mit tonloser Stimme: „Bis später."

Christina gab Loulou kurz Bescheid, dass sie bei André im Restaurant vorbeischauen und anschließend Besorgungen für das Abendessen machen wollte. Das Mädchen saß am Computer und bereitete die Seite für das Hotel vor. Sie nickte nur und schaute nicht hoch, so sehr war sie in ihre Arbeit vertieft.

Das Mittagessen im Restaurant war vorbei. Draußen waren lediglich noch zwei Tische besetzt. André stand mit dem Rücken zur Tür hinter dem Tresen und polierte Gläser. Erst als er ihre Stimme hörte, drehte er sich erstaunt um.

„Salut." Sein überraschter Gesichtsausdruck veränderte sich in ein Strahlen. Er kam hinter dem Tresen hervor, nahm ihr Gesicht liebevoll in beide Hände und küsste sie zärtlich und lange. Seine Arme umschlangen sie ganz fest. „Schön, dich zu sehen. Damit habe ich gar nicht gerechnet."

„Wir haben Loulous Großmutter besucht." Sie genoss seine Wärme und den Duft seines Rasierwassers. „Hast du heute Abend Zeit? Danielle, Eric und Leo kommen zum Abendessen. Es wäre schön, wenn du auch dabei wärst." Sie schaute ihn bittend an.

„Wer kann den Augen einer schönen Frau widerstehen?" Ein breites verliebtes Grinsen überzog sein Gesicht. „Ich spreche mit Paul."

„Ich freue mich. Ich besorge noch schnell ein paar Kleinigkeiten und wir sehen uns dann heute Abend." Christina war im Begriff zu gehen, als André sie mit einem *Hey* aufhielt. Sie drehte sich um und schaute ihn an.

„Sag mal", er zögerte einen kurzen Moment und ging auf sie zu. Mit der rechten Hand griff er in ihr Haar und wickelte unentschlossen eine Strähne um seinen Zeigefinger. „Könntest du dir vorstellen, für immer hier zu leben?"

Da war sie, diese Frage, über die sie sich die letzten Tage schon selbst den Kopf zerbrochen hatte. Wenn André diese Frage stellte, war das doch ein Zeichen. Er wollte, dass sie blieb. Aber wollte sie das auch? Immer wieder hatte sie sich diese Frage in den letzten Tagen gestellt. Konnte sie wirklich hier leben? Er war bereits der Dritte, der sie fragte. Erst Danielle, dann Binette und nun er. Und dabei war André die wichtigste Person für sie in diesem Urlaub. Liebte sie ihn so sehr, dass sie für ihn alles aufgeben konnte? Konnte sie alle Zelte in Deutschland abbrechen?

Christina griff nach seiner Hand in ihrem Haar. „André, sei nicht böse. Bitte lass mir etwas Bedenkzeit."

André hielt ihre Hände ganz fest. „Du hast recht, hier ist nicht der richtige Moment und nicht der richtige Ort. Lass dir Zeit." Insgeheim war er ein wenig enttäuscht. Er hatte gehofft, sie würde freudestrahlend Ja sagen.

Christina gab ihm einen Kuss und befreite sich aus seinen Händen. An der Tür drehte sie sich noch einmal um und winkte ihm zu.

Loulou deckte den Tisch auf der Terrasse. Sie und Christina hatten zusätzlich noch den Esstisch aus dem Wohnzimmer herausgeholt, damit sie alle Platz hatten. Christina war in der Küche. Das Essen war fast fertig. Sie hatte sich für einen Schmortopf entschieden, der schon eine Stunde vor sich hin brutzelte. Als Dessert gab es einen Sauerkirschauflauf.

Wie immer war Beau der Erste, der in der Terrassentür stand. Er hob den Kopf und seine Nase hatte den Duft des Essens sofort aufgenommen. Sein Schwanz wedelte erwartungsvoll.

„Das ist nichts für dich, mein Guter." Sie scheuchte ihn liebevoll in den Garten zurück, als Danielle, Eric und Leo um die Ecke kamen.

„Schau mal, wen wir gleich mitgebracht haben." Danielle drehte sich um und schob André in den Vordergrund.

„Schön, dass ihr da seid." Sie ging auf ihn zu und legte ihre Wange an seine. Leise flüsterte sie ihm ins Ohr: „Und schön, dass du gekommen bist."

Loulou kam mit einem Tablett voller Gläser aus dem Haus. Eric hatte in der Zwischenzeit die Weinflasche geöffnet und goss ein. Für Loulou und Leo gab es Limonade.

Als Christina mit dem Essen in der Terrassentür stand und André, Danielle und Eric sah, wie sie sich unterhielten und Leo mit Beau spielte, da wurde ihr ganz warm ums Herz. Diese Menschen waren ihr in den letzten Tagen und Wochen so vertraut geworden. In dem Moment wurde ihr klar, wie sehr sie jeden Einzelnen vermissen würde. Sie mochte gar nicht an die Abreise denken.

„Autsch!" Sie war unbemerkt mit einem Finger an den heißen Topf gekommen.

„Kann ich dir helfen?" André eilte ihr zur Hilfe.

Sie beeilte sich und stellte den Topf schnell auf den dafür vorgesehenen Untersetzer. „Danke, geht schon."

Sie schüttelte ihre Hand vor Schmerz und pustete auf ihren verbrannten Finger.

Dann bat Christina, Platz zu nehmen. Es war ein buntes Durcheinander. Schüsseln und Teller wurde hin- und hergereicht, bis jeder etwas zu essen hatte. Beau suchte sich ein stilles Plätzchen abseits. Er blinzelte mit einem Auge herüber. Man sah ihm an, dass ihm der Trubel der Menschen zu viel war. Plötzlich hob er wachsam den Kopf, knurrte leise, stand auf und schaute den Kiesweg entlang.

„Was ist Beau?" Leo war aufmerksam geworden. Da kam eine Frau um die Ecke.

„Mama, was machst du hier?" Christina staunte nicht schlecht. Mit ihr hatte sie nun gar nicht gerechnet.

„Ich habe doch gesagt, dass ich auf dem Rückweg noch einmal vorbeikomme." Frau Bauer sah ihre Tochter überrascht an und nahm sie liebevoll in den Arm. „Gut schaust du aus." Sie strich ihr mütterlich über die Wange. „Möchtest du mich nicht vorstellen?"

Ihr Blick ging in die Runde. Danielle, die sie schon persönlich kannte, und Eric begrüßte sie freundlich. Auf André ruhten ihre Augen bei der Begrüßung etwas länger. Im Laufe des Abends schaute sie oft zu ihrer Tochter, die ihr gegenüber saß, und den Mann an ihrer Seite. Die Zeit hier tat ihr gut. Sie war gelöster und entspannter als vor ein paar Wochen. Jede kleine Berührung, die zwischen den beiden ausgetauscht wurde, registrierte Frau Bauer.

Christina genosss den Abend. Danielle war das komplette Gegenteil von heute Nachmittag. Sie unterhielt sich angeregt mit Loulou, lachte und ihre Augen strahlten

Ein paar Wortfetzen drangen zu ihr herüber. Das Mädchen erzählte ihr voller Eifer, wie sie versuchen wollten, das Hotel zu retten. Eric und André führten Männergespräche über Autos und Motorräder und Leo erzählte ihrer Mutter gerade, wie Beau vor einigen Jahren zu ihnen gefunden hatte.

„Es ist schon spät." Frau Bauer schaute auf ihre Armbanduhr. „Ich muss ins Bett. Morgen geht es wieder nach Hause. Die Fahrt ist lang, da muss ich ausgeschlafen sein." Sie erhob sich.

Danielle und Eric standen ebenfalls auf und verabschiedeten sich. „Danke für den schönen Abend, Christina." Danielle küsste sie auf beide Wangen. Dann verschwand sie mit Eric und Leo in der Dunkelheit. Beau lief vorneweg.

„Mama, André und ich bringen dich zum Hotel. Dein Auto lässt du hier stehen und morgen früh kommst du zum Frühstück. Wir haben im Moment keine Gäste im Hotel."

Als der letzte Satz raus war, merkte Christina, dass sie *wir* gesagt hatte. *Wir haben keine Gäste.* Wie sehr sie sich mit allem hier verbunden fühlte. Als würde sie schon ewig hier sein. Ob André etwas bemerkt hatte? Sie sah ihn an, aber wenn, dann ließ er sich nichts anmerken.

Frau Bauer holte eine kleine Tasche aus dem Auto. Für eine Nacht war alles darin, was nötig war. Christina und André begleiteten sie. In den Nebenstraßen war es still. Nur die Absätze ihrer Schuhe klackerten auf dem alten Kopfsteinpflaster und hallten in der Nacht. In den Bars und Bistros auf dem Boulevard Gambetta saßen die Nachtschwärmer noch draußen und genossen bei einem Pastis oder einem Glas Wein den Sommerabend.

Christina schaute noch einmal, ob in dem Zimmer alles in Ordnung war. Ihre Mutter bekam das, welches sie bei ihrer ersten Anreise schon bewohnt hatte. Dann gab sie ihr den Schlüssel und André und sie verabschiedeten sich.

Draußen vor der Tür standen beide eine Weile auf dem Fußweg, schauten sich in die Augen und hielten sich an den Händen. Die Blätter der Platanen ließen von den alten Laternen nur winzige Lichtstrahlen auf den Bürgersteig scheinen.

„Es hat wohl wenig Zweck, dich zu fragen, ob du mit zu mir kommst?" Ein bittender Blick kam von André.

Christina schüttelte mit bedauerndem Lächeln den Kopf. „Ich muss zu Hause noch aufräumen. Loulou kann das nicht alles allein schaffen."

Ein Lächeln, nein, ein Grinsen huschte über sein Gesicht.

„Was ist?", fragte sie.

„Du hast zu Hause gesagt." Er zog Christina zu sich heran und umschlang sie mit beiden Armen. Ihr Kopf ruhte an seiner Schulter und beide vergaßen Zeit und Raum.

Eine Gruppe junger Leute, die den Abend feuchtfröhlich in einer der Bars verbracht hatte, bahnte sich protestierend ihren Weg um André und Christina. Beide lösten sich nur widerstrebend aus der Umarmung, küssten sich zärtlich und sagten gleichzeitig wie aus einem Mund: „Bis morgen."

Zweiundzwanzig

Frau Bauer war wie angekündigt nach dem Frühstück abgereist. Christina lächelte, wenn sie daran dachte, wie ihre Mutter versucht hatte, sie über André auszuhorchen. Sie hatte ihr nur das Nötigste erzählt, aber nichts von ihren Irrungen und Wirrungen im Kopf, ob sie hierherziehen sollte.

Sie beeilte sich, das Zimmer, das ihre Mutter für eine Nacht bewohnt hatte, sauber zumachen, bevor sie den Tag mit André verbringen wollte. Was sie auf gar keinen Fall vergessen durfte, war, unbedingt bei Monsieur Fou eine Einkaufsliste abzugeben und bei Monsieur Morel in der Bank anzurufen. Vielleicht hatte er von der Hauptfiliale schon etwas gehört.

Loulou war heute Morgen ganz aufgeregt und freudestrahlend aus dem Schlafzimmer gekommen. Für das Badezimmer hatte sie noch keine Zeit. Sie ließ sich auf einen Stuhl am Frühstückstisch fallen und berichtete überschwänglich, dass über das Buchungsportal für kommende Woche sechs Reservierungen eingegangen waren. Das Mädchen hatte ihr Glück kaum fassen können, hatte sie doch gestern erst das Hotel und die Bilder auf das Buchungsportal gesetzt.

André hatte Christina vorgeschlagen, eine Fahrradtour zu unternehmen. Er wollte ihr ein paar Dörfer rund um Uzès zeigen. Nachdem Gabriel und Paul ihm versichert hatten, dass sie allein klarkommen würden, hatte er sich ein paar Stunden frei genommen.

Christina holte ihre Tasche und den Einkaufszettel aus dem Büro und brachte diesen schnell im Supermarkt vorbei. Monsieur Fou freute sich, sie zu sehen, und wenn sie es nicht so eilig gehabt hätte, wäre sie gern ein Weilchen geblieben, um sich mit ihm zu unterhalten. So vertröstete sie ihn auf ein anderes Mal. Monsieur Fou versprach, die Ware pünktlich einen Tag vor Anreise der nächsten Gäste im Hotel abzuliefern.

Zu Hause zog sich Christina etwas Bequemeres, passend für eine Fahrradtour, an. Als sie bei André ankam, standen schon zwei Fahrräder vor dem Restaurant bereit, welche er morgens vom Fahrradverleih abgeholt hatte. Er verstaute gerade eine Flasche Wein und ein Baguette in der Satteltasche.

„Hey, dann kann ja nichts mehr schiefgehen. Zu essen und zu trinken haben wir."

André drehte sich um. „Schleichst du dich immer so von hinten an?" Sein Ton war gespielte Entrüstung. „Wir fahren sofort los."

Christina legte ihre Tasche in den Weidenkorb, der vorn am Lenker des Damenrades befestigt war. Als sie die Altstadt verließen, kamen sie am Festplatz vorbei, der normalerweise als Parkplatz genutzt wurde. Nur wenn in der Stadt ein besonderes Fest gefeiert wurde, mussten die Autos weichen. Heute standen in der Mitte ein großes Zirkuszelt und ringsherum fahrbare Käfige und kleine Zelte. Die Wohnwagen der Zirkusartisten befanden sich am Rand der Zirkusstadt. Kinder spielten zwischen den Wagen, Hunde liefen herum und ein Feuerschlucker spuckte große Flammen in die Luft. Hier also kam der Zirkusmann her. Hoffentlich löste sich die Geschichte mit dem schwarzen Mann für sie und ihre Familie, aber ganz besonders für Leo zum Guten auf. Nicht auszudenken, wenn Leo Beau hergeben musste. Ein paar Meter weiter wartete André auf sie. Christina setzte sich auf ihr Rad und fuhr weiter.

„Ist was?", fragte er, als sie auf gleicher Höhe war.

„Nein, schon gut. Ich musste nur gerade an das schwarze Auto denken. Du erinnerst dich? Danielle sagte, dass der Mann mit dem Zirkus hier in der Stadt ist." Christina blickte noch einmal zurück auf das Zirkusgelände, bevor sie weiterfuhren.

Das erste Dorf, das auf ihrer Strecke lag und das sie besuchen wollten, war Saint-Quentin-la-Poterie. Die Räder stellten sie an der Kirche ab und schlenderten Hand in Hand durch den Ort. Er war bekannt für seine über dreißig Töpfereien und wenn André Christina nicht irgendwann gebremst hätte, dann hätte sie in jedem Laden etwas gekauft und zum Schluss nicht gewusst, wie sie es nach Hause transportieren sollte. Ein Besuch des Töpfermuseums in der alten Ölmühle musste natürlich auch noch sein. Am Ende ihres Rundgangs tranken sie bei *Julien Sabine* noch einen Kaffee. In dem kühlen Innenhof bewunderten sie die vielen geschmackvollen Gegenstände, die zum Verkauf angeboten wurden und jeden Garten in eine Oase verwandelten.

Sie fuhren schon eine ganze Weile an Weinreben und Sonnenblumenfeldern vorbei. Auf den Nebenstraßen war wenig Verkehr und langsam ging es auf die Mittagszeit zu. Es wurde immer wärmer, daher schlug André vor, eine Pause einzulegen. Die Sonne stand fast senkrecht am Himmel und es war anstrengend, in der Mittagshitze zu fahren. Zum Glück hatten sich beide eine Kopfbedeckung mitgenommen. Er hielt Ausschau nach einem schattigen Platz, auf dem sie ihre Decke ausbreiten konnten. Am rechten Straßenrand etwas voraus lag eine Wiese mit Aprikosenbäumen. Eine große, uralte Linde, deren kräftige Äste wohltuenden Schatten spendeten, stand wie der Hüter der Aprikosen mittendrin.

Aus der einen Satteltasche nahm André eine Decke und aus der anderen das Baguette, den Wein und ein Paket mit Schinken, Salami und Tomaten. Sogar an Gläser hatte er gedacht.

Christina ließ sich auf die Decke nieder. Sie lehnte sich mit dem Rücken an den alten, knorrigen Baumstamm und ihr Blick schweifte nach oben in das Laubdach über ihr. Sie musste die Augen zusammenkneifen, da die Blätter wie silberne Taler in der Sonne glitzerten und sie blendeten. André kniete auf der Decke und öffnete die Flasche. Er hatte einen leichten Weißwein mitgenommen, der in der Satteltasche in einer Kühlung gestanden hatte. Er schmeckte frisch und war nicht zu schwer an diesem warmen Sommertag. Hinter der Aprikosenwiese lag ein Dorf. Die typisch provenzalischen roten Dächer lagen zu Füßen des Kirchturms, der alles überragte.

Eine schwarze Katze schlich durch das Gras und blieb immer wieder aufmerksam stehen. Nicht ein Muskel zuckte. Ihre Augen fixierten einen Punkt irgendwo im Grün, als sie sich aus heiterem Himmel vom Boden abstieß und einen riesigen Satz machte. Ihr Kopf verschwand im Gras und nur ihren Körper konnte man sehen, der sich ruckartig bewegte. Als sie den Kopf wieder hob, hatte sie eine Maus zwischen den Zähnen. Voller Stolz und mit erhobenem Haupt ging sie ihrer Wege.

Nach ihrem kleinen Imbiss streckten sich Christina und André auf der Decke aus. Sie hatten nicht vor, gleich weiterzufahren. Die Zeit, die sie miteinander verbrachten, war kostbar. Jede Minute wollten sie auskosten. Ein leichter Wind strich über ihre Körper und machte die Wärme im Schatten erträglich. André spielte mit Christinas weichen Haaren. Unaufhörlich und in Gedanken drehte er eine Strähne um seinen Zeigefinger. Mit geschlossenen Augen lag sie auf dem Rücken und ihr Kopf ruhte auf seinem Bauch. Keiner von beiden sprach ein Wort.

Ihre Gedanken kreisten um den Verlag und ihre Arbeit. Was sie wohl bei der Rückkehr erwarten würde? Sie konnte dieses Gedankenkarussell nicht abstellen. Die Vorstellung, da weiterzumachen, wo sie vor ihrem Urlaub aufgehört hatte, war unmöglich.

Und André? Auch er versuchte sich vorzustellen, wie es ohne Christina in seinem Leben weitergehen sollte. Er konnte und wollte nicht daran denken. Um von diesem niederschmetternden Gefühl wegzukommen, sagte er mit einem Kloß im Hals: „Komm, lass uns weiterfahren."

Christina war es recht. Ihr war klar, dass sie eine Entscheidung nicht mehr lange hinauszögern konnte. Das wäre André gegenüber nicht fair. Sie legten die Decke zusammen und packten alles zurück in die Fahrradtaschen.

Auf der Rückfahrt nach Uzès fuhren sie durch idyllische Orte. In jedem stellten sie ihre Räder ab und bummelten durch die kleinen Straßen und Gassen. Es gab versteckte malerische Ecken, die sie beim Hindurchfahren nie gesehen hätten. Unter Weinlaub verborgen entdeckten sie einen Brunnen. Aus einem eisernen Entenkopf mit geöffnetem Schnabel floss das Wasser in einen steinernen Trog.

Vor einem Haus saß ein alter Herr unter einem Sonnenschirm und schlief. Eine Zeitung war ihm aus den Händen auf den Boden gerutscht. Die Enten am Dorfteich hatten sich vor der Sonne unter dem Holzsteg, der ins Wasser führte, versteckt, und es klang leises Schnattern hervor.

Viel zu schnell war der Nachmittag vergangen. Als sie wieder am Restaurant ankamen, waren schon fünf Tische draußen besetzt. Paul balancierte ein volles Tablett mit Getränken durch die Reihen. Er nickte nur kurz mit dem Kopf in ihre Richtung. Sie stellten die Fahrräder an die Seite und Christina half André, die Reste ihres Picknicks in die Küche zu bringen.

„Vielen Dank für den schönen Nachmittag." Christina hatte ihre Arme um Andrés Hals gelegt und schaute ihm tief in die Augen.

Er umfasste ihre Taille und zog sie an sich. „Leider muss ich jetzt arbeiten und habe keine Zeit mehr für dich", sagte er bedauernd.

„Kein Problem. Ich nehme eine lauwarme Dusche und lege mich dann in einen Liegestuhl im Garten. Morgen habe ich bestimmt Muskelkater." Sie musste lachen.

Wenn Paul nicht reingekommen wäre, hätte der Abschiedskuss bestimmt noch länger gedauert. Christina rief ihm ein *„Salut"* zu und ging, nicht ohne sich noch einmal zu André umzudrehen und ihm eine Kusshand zuzuwerfen.

Dreiundzwanzig

L eo lief mit Beau, der um ihn herumsprang, über den Rasen zur Haustür. Der Junge versuchte, ihn zu fangen, aber Beau entwischte ihm immer wieder. Das große, schwarze Auto am Straßenrand war ihm nicht aufgefallen.

Nach den Hausaufgaben hatte Leo mit seinem Schulfreund Maxim gespielt, den er schon aus dem Kindergarten kannte. In jeder freien Minute spielten die Jungs Fußball. Heute Nachmittag hatte das Fußballfieber ein jähes Ende gefunden. Maxim hatte geprahlt, dass Paris Saint-Germain die beste Fußballmannschaft Frankreichs sei. Leo fand das überhaupt nicht. Für ihn war Olympique Marseille die bessere Mannschaft. Die Debatte wurde von Minute zu Minute immer hitziger. Beide redeten sich in Rage und keiner ließ etwas auf seine Mannschaft kommen. Jeder wollte die Vorzüge gegenüber der anderen übertrumpfen, bis Leo das zu blöd wurde. Er rief kurzerhand nach Beau, warf Maxim einen bösen Blick zu und stapfte davon.

Leo betrat das Haus und hörte Stimmen aus dem Wohnzimmer. Neugierig blieb er stehen und versuchte, zu hören, was gesprochen wurde. Die von Mama und Papa kannte er. Aber die andere? Wer war das? Er bemerkte die Aufregung seiner Mutter, sie klang anders als sonst. *Man lauscht nicht an Türen*, das hatte sie ihm oft gesagt. Doch das hier war eine Ausnahme. Er wollte wissen, was da los war! Warum hörte sich Mamas Stimme so komisch an?

Leo schlich auf Zehenspitzen zur Wohnzimmertür, die einen Spalt auf stand. Er sah seine Mama kerzengerade auf dem Sofa sitzen und sie hatte die Lippen zu einem Strich aufeinandergepresst. Neben ihr saß sein Papa mit zusammengezogenen Augenbrauen. So wütend hatte Leo ihn noch nie gesehen.

Den Mann konnte er nicht erkennen, da er mit dem Rücken zur Tür im Sessel saß. Das, was er von ihm sah, wirkte schon sehr bedrohlich. Er war nur in Schwarz gekleidet und die glatten, dunklen Haare reichten ihm bis auf die Schultern. *Wie konnte er es in dieser Jahreszeit nur in einem Ledermantel aushalten? Das ist doch viel zu warm*, dachte Leo. Ein schwarzer Hut mit einer großen Krempe lag auf dem Wohnzimmertisch.

Auf einmal weiteten sich seine Augen und er hielt die Luft an. Was hatte er da gehört? Der Mann sprach leise und doch hatte er jedes Wort verstanden. Er konnte es nicht glauben. Die Erwachsenen sprachen davon, dass Beau diesem schwarzen Mann gehören würde. Das konnte nicht sein! Niemals! Beau gehörte ihm! Er hatte den Hund gepflegt, als Papa ihn damals schwer verletzt mit nach Hause gebracht hatte. Er wurde von niemanden vermisst und nach ihm gesucht hatte auch keiner. Nie im Leben würde er Beau hergeben! An niemanden! Er streichelte Beaus Kopf. Der Hund verhielt sich ganz still und schaute ihn mit seinen großen, dunkelbraunen Knopfaugen an.

Auf Zehenspitzen entfernte sich Leo von der Tür, sah den Hund an und legte seinen Zeigefinger auf den Mund. Er sollte sich ruhig verhalten. Vor der Treppe zog er seine Schuhe aus und beide schlichen die Treppe hinauf. Auf der Hälfte gab es eine Stufe, die knarrte. Da musste er aufpassen. Sogar Beau machte einen großen Schritt. Die Erwachsenen durften sie auf keinen Fall hören. Leo hatte einen Entschluss gefasst! Hier wollte er auf keinen Fall bleiben und warten, dass der Mann seinen geliebten Freund mitnahm.

Ohne das kleinste Geräusch zu verursachen, huschten beide oben über den Flur in sein Zimmer. Er öffnete seinen Kleiderschrank und wühlte unten zwischen Fußball, Fußballschuhen, Regenjacke und allem Möglichen herum, was er vor seiner Mama verschwinden lassen musste, bevor sie sein Zimmer aufräumte. Wo war sein Rucksack, den er zum ersten Schulausflug bekommen hatte? Hier unten war er jedenfalls nicht. Ob er da ganz oben im letzten Fach lag? Da kam er so aber nicht dran. Leo ging zu seinem Schreibtisch vor dem Fenster, schob seinen Schreibtischstuhl vor den Schrank und kletterte darauf. Es war eine ziemlich wackelige Angelegenheit, aber das war ihm egal. Es musste gehen und wenn er vorsichtig war, würde schon nichts passieren. Oben hinter seinen Pullovern fand er schließlich den Rucksack. Langsam stieg er vom Stuhl und griff wahllos in den Schrank nach irgendwelchen Kleidungsstücken, die er hineinstopfte.

Bevor er sein Zimmer verließ, schaute er sich noch einmal wehmütig um.

Genauso leise, wie er heraufgekommen war, musste er jetzt auch wieder heruntergehen. Damit ihn bloß nicht die Erwachsenen hörten. In der Küche holte er sich aus dem Kühlschrank eine Wurst und ein Stück Käse. Zwei Flaschen Wasser, ein paar von Mamas selbst gebackenen Keksen und zwei Äpfel wanderten auch in den Rucksack. Dann schlich er sich mit Beau aus der Hintertür. So musste er nicht mehr am Wohnzimmer vorbei. Er rannte schnell zum Gartentor und auf die Straße in Richtung Boulevard Gambetta, Beau immer neben ihm her. Wohin er eigentlich wollte, das wusste er nicht.

Ein Auto kam ihm entgegen. Auf der Fahrerseite sah er Christina, Loulou saß neben ihr. Sie winkten ihm zu und er winkte zurück. Nur nicht auffallen. Nicht dass sie seinen Eltern noch erzählten, dass sie ihn mit einem Rucksack hatten davongehen sehen.

Der Abend rückte langsam näher. Leo hatte keine Ahnung, wie lange er schon unterwegs war. Er hatte die Stadt hinter sich gelassen und zum Glück war ihm niemand begegnet, der ihn kannte. Sein Weg führte durch die Weinfelder, die vor Uzès lagen. Am nächsten Feldweg lag ein dicker Findling. Leo hatte Durst, setzte sich auf den Stein und holte eine Wasserflasche aus seinem Rucksack. Er nahm einen großen Schluck. Beau saß vor ihm und beobachtete jede seiner Bewegungen. Er goss etwas Wasser in seine Handfläche und ließ seinen Freund daraus trinken.

„Ach, Beau, ich weiß zwar noch nicht wohin, aber zurück gehen wir auf gar keinen Fall."

Beau gab ein sanftes Knurren von sich, als wenn er ihm zustimmen würde, und legte seinen Kopf auf Leos Knie. Der Junge streichelte ihn und nach ein paar Minuten Rast gingen die beiden weiter.

Der Rucksack drückte ihm auf den Schultern, denn die zwei Wasserflaschen hatten doch ein ganz schönes Gewicht. Er blieb mit Beau zwischen den Weinreben. Auf der Straße war die Gefahr zu groß, dass jemand mit dem Auto vorbeikam. Der Weg lief parallel zur Straße, die zum Pont du Gard führte. Da kannte er sich ein wenig aus. Ein paarmal war er schon mit seinem Papa dort.

Das erste Mal war Leo sehr stolz, als er mit seinem Vater ein *Männerwochenende* am Flussufer verbrachte. Sie hatten ihr Zelt an einer Stelle aufgeschlagen, an der der Gardon gut Wasser hatte, und die Luftmatratzen waren schnell aufgeblasen. Danach hatten sie Steine zusammengetragen, von denen es hier mehr als genug gab. Damit hatten sie eine Feuerstelle gebaut. Eigentlich war offenes Feuer verboten, aber direkt am Gardon standen keine Bäume und Papa hatte es trotzdem gemacht. Er hatte ihm eingeschärft, das auf keinen Fall allein zu tun. Sie suchten für das Feuer Äste und Laub. Die mitgebrachten Würstchen steckten sie auf dünne Stöcker, und als das Feuer so richtig in Gang war, grillten sie sie über den Flammen. Leo seufzte, als er daran zurückdachte. Er wollte versuchen, den Weg zu finden, den er mit seinem Vater damals gegangen war.

Christina und Loulou hatten sich am Morgen nach dem Frühstück kurzerhand überlegt, ein paar Kleinigkeiten für das Hotel zu kaufen. Der Kredit war leider immer noch nicht bewilligt, aber Christina wollte dies aus ihrer Tasche bezahlen.

Vor den Toren Uzès, gegenüber vom Musée Haribo, lag die *Zone Industrielle,* ein großes Gebiet mit Supermärkten, Möbelhäusern und Handwerkermärkten. Auch ein Laden mit Dekoartikeln, in dem sie farbige Tischdecken für den Frühstücksraum, ein paar gemusterte Kissen für die Gästezimmer, kleine Glasvasen für die Tische und eine ganze Palette schlichter Wassergläser kauften. In dem Blumenladen an der Straße erstanden sie Topfpflanzen, darunter eine mannshohe Palme für die Halle. Die Pflanze schaute auf der Rückfahrt oben aus dem Dachfenster. Nach ihrer Rückkehr brachten sie ihre neuen Errungenschaften in das Hotel, um es später wegzuräumen.

Als sie den Wagen in die Kieseinfahrt lenkte und abstellte, kamen Danielle und Eric aus dem Haus. Ihnen folgte der Zirkusmann. Christina und Loulou blieben im Auto sitzen und beobachteten die drei. Beide hatten ein ungutes Gefühl. Danielle sah erschöpft aus, aber nicht ängstlich oder wütend. Eric sprach mit dem Mann und beide reichten sich zum Abschied die Hand. Der Zirkusmann wandte sich an Danielle. Die ging einen Schritt zurück und schlug die Arme unter, als Zeichen, dass sie ihm nicht die Hand geben wollte. Er sprach ein paar Worte zu ihr, drehte sich um und steuerte auf sein Auto zu. Alle, auch Christina und Loulou, schauten ihm hinterher, wie er einstieg und davonfuhr. Erst dann stiegen sie aus.

„Schlechte Nachrichten?", fragte Christina unsicher und sah, wie Danielle erleichtert aufatmete. Eric hatte liebevoll den Arm um sie gelegt.

„Nein, ganz im Gegenteil. Beau bleibt bei uns. Monsieur Perrot, so heißt der Mann, hat eingesehen, dass er Leo den Hund nicht wegnehmen kann."

„Na Gott sei Dank. Das freut mich für euch. Aber ganz besonders für Leo. Weiß er es schon?"

„Nein. Er ist bei seinem Freund Maxim. Außerdem hatten wir ihm von der ganzen Sache nichts erzählt. Wir wollten ihm keine Angst einjagen. Jetzt, da alles geklärt ist, müssen wir ihn damit nicht mehr beunruhigen."

„Da hast du recht." Christina wandte sich an Loulou. „Komm, wir gehen zum Hotel." Im Gehen drehte sie sich noch einmal um. „Wir haben im *Deko* einige Sachen gekauft, damit wollen wir die Zimmer etwas aufhübschen. Wir sehen uns."

Dass der Weg zum Pont du Gard so weit sein würde, damit hatte Leo nicht gerechnet. Seine Füße taten ihm weh. Bis zum Gardon würde er es heute nicht mehr schaffen. Irgendwo musste er einen Platz zum Übernachten finden. Beau lief treu und brav neben ihm her. Nicht drei Schritte vor oder hinter ihm – nein, genau neben ihm, als ob er merken würde, wie sehr Leo ihn brauchte und er auf ihn aufpassen musste.

Das Weinfeld hatte er hinter sich gelassen. Er blieb stehen und schaute sich um. Rechts von ihm, gar nicht weit entfernt, entdeckte er eine Steinhütte. Die bietet bestimmt eine gute Übernachtungsmöglichkeit, ging es Leo durch den Kopf und beide setzen ihren Weg in Richtung Hütte fort.

Der Unterschlupf hatte keine Fenster. An zwei Seiten klaffte nur ein Loch in der Steinwand. Eine Tür zum Verschließen gab es auch nicht. Er stand da und war sich nicht sicher, ob er hineingehen sollte. Beau war da schneller. Kurzerhand rannte er an ihm vorbei, schnüffelte in jeder Ecke, als ob er nach dem Rechten sehen würde. Nach einem kurzen *Wuff* von ihm war das für Leo das Zeichen, dass alles in Ordnung war und er keine Angst haben musste. Was würde ihn da drin wohl erwarten?

Schritt für Schritt tastete er sich nach vorn. Seine Augen gewöhnten sich langsam an das diffuse Licht. Er schaute sich um und suchte eine freie Stelle, an der er sich ein Nachtlager einrichten konnte. Eine Maus huschte an seinen Füßen vorbei. Erschrocken sprang er zur Seite. Neben einer in die Jahre gekommenen Holzkiste fand er einen Stapel alter Jutesäcke. Vorsichtig nahm er ein paar davon und schüttelte sie ordentlich. Eine muffige Staubwolke wehte durch die Hütte, aber das war ihm egal, auch wenn er husten musste. Hauptsache, es sauste keine Maus heraus. Die Säcke packte er aufeinander und so hatte er ein Nachtlager. Beau erkannte sofort, für was die Unterlage gedacht war. Er rollte sich darauf zusammen und Leo kuschelte sich an seinen großen Freund und legte den Arm um ihn.

„Beau, du brauchst keine Angst haben. Solange wir beide zusammen sind, kann uns nichts passieren.“

Im Radio spielte leise Musik. Christina summte die Melodie mit und bereitete dabei einen Salat zu. Loulou telefonierte im Schlafzimmer mit ihrer Großmutter.

Danielle hatte erst gar nicht an der Haustür geklopft, sondern kam gleich durch den Garten ins Wohnzimmer gestürmt. Sie bemühte sich, gefasst zu bleiben. „Hast du Leo gesehen?"

„Nein, wieso? Was ist passiert?"

„Die Mutter von Maxim hat angerufen und gefragt, ob Leo gut zu Hause angekommen sei. Die beiden Jungs haben sich gestritten und Leo sei, ohne ein Wort zu sagen gegangen."

„Warte mal." Christina überlegte. „Als ich mit Loulou vom *Deko* zurückkam, lief Leo die Straße hinunter. Ich habe mir nichts dabei gedacht und nahm an, er wäre auf dem Weg zu einem Freund."

„Hast du gesehen, wohin er gegangen ist?"

„Er ging Richtung Boulevard Gambetta. Mehr habe ich nicht gesehen. Habt ihr schon seine Schulfreunde angerufen?"

„Eric ist gerade dabei. Bis jetzt noch nichts." Danielle zuckte mit den Schultern. „Aber wenn du sagst, dass er in Richtung Boulevard Gambetta gegangen ist, dann muss er doch hier gewesen sein."

Loulou kam aus dem Schlafzimmer. Sie hatte die aufgeregten Stimmen der beiden Frauen gehört. „Ist was?", fragte sie lässig, wie es nur Teenager konnten.

Christina erklärte ihr kurz, dass Leo fort war. Eric kam ins Wohnzimmer und schüttelte resigniert mit dem Kopf.

„Nichts! Ich habe die ganze Liste abtelefoniert. Leo ist bei keinem Schulfreund."

„Er hatte einen Rucksack auf." Die drei Erwachsenen schauten Loulou verständnislos an. „Ja, einen blauen. Ehrlich", erklärte sie mit Nachdruck.

„Einen blauen Rucksack?" Danielle wollte es noch einmal genau wissen. Loulou nickte.

„Christina, wenn du sagst, dass du ihn auf der Straße in Richtung Boulevard Gambetta gesehen hast, und Loulou hat den blauen Rucksack bemerkt, dann muss er in der Zwischenzeit zu Hause gewesen sein. Und wenn er zu Hause war, hat er vielleicht mitbekommen, dass Monsieur Perrot mit uns im Wohnzimmer saß. Vielleicht hat er sogar gehört, dass wir uns über Beau unterhalten haben und hat das falsch verstanden."

„Ja, vermutlich ist er weggelaufen, damit ihm niemand Beau wegnehmen kann." Das kam von Loulou. Sekundenlang herrschte Stille im Raum. „Und nun?", fragte sie unsicher.

Der Erste, der wieder einen klaren Gedanken fassen konnte und etwas sagte, war Eric. „Ich rufe jetzt die Polizei an." Entschlossen nahm er sein Handy aus der Hosentasche und zog sich in den Garten zurück.

Christina nahm Danielle in die Arme und versuchte, sie zu trösten. „Wir finden ihn. Ganz bestimmt,"

„Er ist doch erst sieben", schniefte sie. Die Tränen, die sie schon die ganze Zeit versuchte zu unterdrücken, lösten sich.

„Aber er hat Beau an seiner Seite, der passt auf ihn auf." Auch Loulou versuchte, tröstende Worte zu finden.

Vierundzwanzig

Eric und Danielle fuhren gleich nach dem Telefonat zur hiesigen Polizeistation. Auf der Fahrt sprach keiner von beiden ein Wort. Jeder hing seinen Gedanken nach. Der Wagen kam gerade vor dem Gebäude zum Stehen, als Danielle schon heraussprang und auf die Tür zulief. Eric konnte ihr kaum folgen.

An der Information erklärte sie dem Polizeibeamten aufgeregt, worum es ging. Ihre Stimme überschlug sich fast. Der Beamte stellte Fragen und Danielle beantwortete sie ungeduldig. Eric, der verspätet dazu kam, legte beschwichtigend den Arm um seine Frau und versuchte, sie zu beruhigen.

Nach einem kurzen Telefonat, das der Beamte führte, kam eine Kollegin und bat sie in ein Besprechungszimmer. Sie ließ sich von Danielle und Eric genau berichten, wann und wo sie Leo das letzte Mal gesehen hatten und warum sie meinten, dass er weggelaufen sei. Die Beamtin notierte sich alle Einzelheiten und verstand es in ihrer Art, sodass Danielle nach und nach ruhiger wurde. Sie gaben eine Vermisstenanzeige auf und beschrieben genau, wie Leo aussah und welche Kleidung er trug. Außerdem konnte man Leo mit Beau gar nicht übersehen. Zum Glück hatte Eric ein Bild von ihm und dem Hund im Portemonnaie. Die Polizistin nahm das Foto entgegen und versicherte, dass sie es sofort an alle Beamten weitergeben wolle, die zu Fuß oder mit dem Wagen unterwegs waren. Sie sollten in der ganzen Stadt nach dem Jungen Ausschau halten. In vier Stunden wollten sie sich wieder in der Polizeistation treffen und wenn sie Leo bis dahin nicht gefunden hatten, würden sie über die Stadtgrenze hinaus weitersuchen. Die Beamtin bat Eric und Danielle, nach Hause zu gehen. Im Moment konnten sie nichts tun. Wenn sich etwas ergab, würde sie sie anrufen.

Eric erhob sich und streckte Danielle seine Hand hin. Sie schaute erst ihn und dann die Beamtin an und stand widerwillig auf. Sie wollte nicht gehen – zu Hause würde sie verrückt werden. Nur herumsitzen und warten, das konnte sie nicht. Sie wollte als Erste Leo in den Arm nehmen, wenn er durch die Tür kam. Er brauchte sie doch, er würde Hunger haben. Sie ergriff Erics Hand und beide verließen langsam die Polizeistation. Vor der Tür blieben sie stehen und sahen sich an.

Eric nahm sie in den Arm und hielt sie fest umschlungen. „Sie werden Leo finden. Hab keine Angst." Seine Stimme war ein Flüstern an ihrem Ohr.

Die Straße sah aus wie immer. Die Luft war wie immer. Der Verkehr war wie immer. Nichts hatte sich verändert und doch waren die Angst und die Ungewissheit zum Greifen nah. Leo war weg. Christina und Loulou saßen auf der Bank vor Danielles und Erics Haus und warteten, falls Leo in der Zwischenzeit mit Beau zurückkommen sollte. Immer wieder glitt ihr Blick die Straße hinauf und hinunter, als könnten sie Leo herbeischauen und als würde er jeden Moment quietschvergnügt durch das Gartentor kommen mit Beau, der um ihn herumsprang. Was war nur geschehen?

„Glaubst du, sie finden ihn?" Loulou sah Christina ängstlich an.

„Natürlich. Außerdem ist Beau bei ihm, der passt schon auf ihn auf." Sie bemühte sich, ihre Stimme fest und zuversichtlich klingen zu lassen. Auf keinen Fall wollte sie Loulou noch mehr verunsichern. Tief drinnen verspürte sie aber ebenfalls Angst und hoffte, dass die Polizei Leo und Beau schnell finden würden. Irgendetwas musste sie tun. Sie konnte hier nicht nur herumsitzen und warten. Sie griff zum Handy.

„Ich rufe André an. Vielleicht hat er ihn in der Stadt gesehen."

Am anderen Ende klingelte es mehrmals, doch André nahm das Gespräch nicht an. Es war eine ungünstige Zeit. Das Restaurant füllte sich langsam und er hatte viel zu tun. Sie steckte das Handy wieder ein.

Danielle und Eric kamen zurück. Christina sprang auf und lief ihnen entgegen. „Was hat die Polizei gesagt?", rief sie von weitem.

Beide setzten sich und Eric berichtete über die letzte Stunde, die sie beide auf der Polizeistation zugebracht hatten. „Sie wollen sich melden. In spätestens vier Stunden."

„Dann wird es langsam dunkel. Was ist, wenn sie ihn bis dahin nicht gefunden haben?", fragte Danielle leise. Mit angstverzerrtem Blick schaute sie ihren Mann an, der ihre Hand drückte.

Loulou stand auf und holte eine Karaffe Wasser und Gläser aus dem Haus. Sie stellte alles auf den Tisch und goss, ohne ein Wort zu sagen, ein. Dann setzte sie sich wieder zu den anderen. Alle schwiegen, ließen die Gläser unberührt stehen und warteten.

Abrupt sprang Danielle auf. „Das ist doch nicht zum Aushalten. Ich muss irgendetwas tun, sonst werde ich verrückt."

Besorgt schaute Eric sie an. „Wenn die Polizei in der Stadt nach ihm sucht, wollen wir die Nachbarn und in den Nebenstraßen noch mal nachfragen, ob ihn einer gesehen hat?"

„Das ist eine gute Idee", stimmte Christina Eric zu. „Wir bleiben hier und halten die Stellung." Sie hatte den Satz kaum ausgesprochen, da ging ihr Handy. Auf dem Display stand Andrés Name. Sie entfernte sich etwas von den anderen. „Gut, dass du zurückrufst. Es ist etwas Schreckliches passiert." Aus den Augenwinkeln sah sie, wie Eric und Danielle das Grundstück verließen und die Straße hochgingen, um die Nachbarn zu befragen. Sie erzählte ihm, was sich in den letzten Stunden zugetragen hatte. „Du kannst dir nicht vorstellen, was hier los ist. Danielle ist völlig aufgelöst und Eric lässt sich nichts anmerken. Sie sind gerade los und befragen die Nachbarn, ob sie Leo gesehen haben."

„Oh verdammt! Und ich kann euch heute nicht mal helfen. Ich komme hier nicht weg."

„Ist schon in Ordnung, wir können sowieso nichts tun als warten."

„Wenn später hier Schluss ist, komme ich sofort zu euch rüber. Ist das okay?"

„Natürlich. Bis später."

„Ich denke an dich, hörst du? Ich liebe dich."

Christina blieb fast das Herz stehen. Zum ersten Mal hatte er *Ich liebe dich* gesagt. Jetzt, in dieser Situation. Sie hatte sich nicht verhört.

„Chrissi?", kam es vom anderen Ende.

„Ich liebe dich auch, André."

Die Sonne war untergegangen. Ganz dunkel war es zwar noch nicht, doch lange würde es nicht mehr dauern. Leo und Beau versuchten, es sich auf den Säcken bequem zu machen. Die Wurst, die Leo aus dem Kühlschrank genommen hatte, wurde mit Beau redlich geteilt. Danach gab es noch zwei Kekse und beide tranken etwas Wasser. Das musste reichen.

„Den Rest müssen wir uns einteilen, Beau." Er stellte den Rucksack, in dem er die Flasche und das restliche Essen wieder verstaut hatte, in die Ecke.

Leo rutschte dicht an Beau heran. „Beau, darf ich?" Er legte den Arm um seinen Freund. Etwas mulmig war ihm schon, die Nacht hier im Freien zu verbringen. Zu Hause würde er jetzt in seinem kuscheligen Bett liegen und Mama und Papa wären im Garten oder im Wohnzimmer. Da hatte er keine Angst. Hier, so ganz allein, schon. Auch wenn Beau da war, bummerte sein Herz schneller. Immerhin hatte er ein Dach über den Kopf, jedoch konnte jeder in seinen Unterschlupf eindringen und im Schlaf würde er es nicht bemerken. Doch wer soll schon kommen, überlegte er.

„Beau, schlaf gut." Er kam gar nicht dazu, die Augen zu schließen, als er gegenüber an der Wand einen Schatten von der Tür in die hintere Ecke huschen sah. Erschrocken setzte er sich auf. Jetzt schlug sein Herz noch schneller. „Beau, hast du das auch gesehen?"

Der Hund hob nur kurz den Kopf. Keine Reaktion. Er schaute nur einmal gelangweilt in die Ecke, in der der Schatten verschwunden war. Dann schnaufte er leise, drehte sich einmal um sich selbst und nahm wieder eine bequeme Schlafposition ein. Leo versuchte, in der dunklen Ecke etwas zu erkennen. Seine Augen hatten sich zwar an die Dunkelheit gewöhnt, aber er konnte nichts erkennen. Einige Gerätschaften standen dort und da konnte sich so ein kleines Etwas, was immer es gewesen war, bestens verstecken. Das war bestimmt wieder die Maus, dachte Leo. Es schüttelte ihn, wenn er sich vorstellte, dass sie über ihn laufen würde, während er schlief. Beau stupste ihn mit seiner feuchten Schnauze an.

Der Junge drehte sich zu ihm um. „Ja, ist ja gut. Ich lege mich wieder hin." Er bettete seinen Kopf auf Beaus Bauch, deckte sich mit seiner Jacke zu und schloss die Augen. Vor Müdigkeit war er bald eingeschlafen.

Die Nachbarn hätten Eric und Danielle gern geholfen. Beide hatten an allen Türen geklopft und geklingelt, allerdings immer nur ein Kopfschütteln erhalten. Niemand hatte ihren Jungen gesehen. Es war mittlerweile fast dunkel und sie kamen in dem Moment zurück, in dem ein Polizeiauto vor ihrem Haus vorfuhr.

Danielle lief der Beamtin, die aus dem Auto stieg, entgegen. „Haben Sie Leo gefunden?"

Die Polizeibeamtin schüttelte bedauernd den Kopf. „Kommen Sie, lassen Sie uns reingehen." Sie fasste Danielle leicht am Arm.

„Aber wir müssen ihn weitersuchen. Es wird dunkel. Er kann doch nicht in der Nacht draußenbleiben." Sie fing an zu weinen und schaute hilflos Eric an.

„Komm, wir gehen erst einmal rein."

Die Polizeibeamtin folgte ihnen. Im Wohnzimmer führte Eric seine Frau zum Sofa. Sie setzte sich und sah apathisch auf den Boden. Christina war dazu gestoßen. Sie sah Eric an, der ihr ein Zeichen gab und zu Danielle rüber sah. Er bat sie, sich um sie zu kümmern. Sie verstand ihn auch ohne Worte und setzte sich neben die Frau, die ihr in der Zeit, die sie sich kannten, zur Freundin geworden war. Leise sprach sie auf sie ein. Danielle schaute sie mit Tränen in den Augen an und nickte teilnahmslos.

Eric sprach weiter mit der Polizistin, ließ seine Frau dabei aber nicht aus den Augen. Auf einmal hörte er, wie sie zu Christina sagte: „Du hast recht." Er atmete auf. Anscheinend hatte sie sich etwas beruhigt und war nicht mehr so außer sich.

Kurz darauf verabschiedete er sich von der Beamtin. Er setzte sich neben Danielle. „Liebling, die Polizei kann in der Dunkelheit nichts tun. Sie haben in der Stadt alles abgesucht. Gleich morgen früh suchen sie weiter und wir auch, hörst du?"

„Ihr habt ja recht", flüsterte sie. „Hoffentlich ist ihm nichts passiert."

„Versuch zu schlafen." Eric sah besorgt seine Frau an. Er griff zu der Wolldecke, die über der Sofalehne hin. Danielle legte sich hin und er deckte sie fürsorglich zu.

Fünfundzwanzig

Die Uhr im Wohnzimmer tickte leise. Christina hatte bei Danielle gesessen, bis sie eingeschlafen war. Sie erhob sich vorsichtig, ohne sie aus den Augen zu lassen. Das Licht der Stehlampe ließ sie brennen. André und Eric standen draußen und unterhielten sich.

„Noch kein Hinweis auf Leo?", fragte Christina, woraufhin Eric den Kopf schüttelte und sie auf André zuging.

Er legte einen Arm um sie und zog sie an sich. „Salut, mein Schatz."

„Salut."

„Kann ich euch irgendwie helfen?" Besorgt sah er seinen Freund an.

„Im Moment nicht. Die Polizei hat die Suche über Nacht eingestellt. Morgen früh gehen sie wieder los, dann wollen wir auch suchen. Kommst du mit? Desto mehr Leute wir sind umso besser."

„Selbstverständlich. Ich habe mich für morgen im Restaurant abgemeldet."

„Wollen wir noch etwas trinken?" Eric wandte sich zur Tür.

„Sei nicht böse. Aber ich bin müde. Ich gehe jetzt lieber schlafen", sagte Christina, schaute André an und flüsterte ihm zu: „Bleib du noch bei Eric. Vielleicht kannst du ihn etwas ablenken. Ich schließe die Haustür nicht ab, dann kannst du später rein."

Loulou hatte sich schon vor einer Weile zurückgezogen. Sie schlief bestimmt schon. Christina bereitete sich wie die letzten Abende zuvor das provisorische Bett auf dem Sofa vor. Sie hatte sich daran gewöhnt und es machte ihr überhaupt nichts mehr aus. Sie holte aus dem Kühlschrank eine Falsche Wasser und trank noch einen Schluck. Danach versuchte sie zu schlafen.

Zwei Stunden saß André mit Eric zusammen. Es war unmöglich, ihn abzulenken. Immer wieder spielten sie verschiedene Situationen durch, was passiert sein könnte und warum. Die Männer brauchten aber noch etwas Schlaf, bevor die Suche am nächsten Morgen weitergehen sollte, und so zogen sie sich bald darauf zurück.

André stand vor dem Sofa und betrachtete Christina, wie sie auf dem provisorischen Bett lag. Die leichte Decke war auf den Boden gefallen und ihr Schlafshirt bis zum Bauchnabel hochgerutscht. Er hätte sich gern zu ihr gelegt, sie in den Arm genommen und ihren Duft eingeatmet. Er hob die Decke auf und legte sie wieder vorsichtig über sie, danach sah er sich um. Wo konnte er die paar Stunden noch schlafen? Sein Blick fiel auf die Gartenliege draußen. Die würde reichen für heute Nacht. Er nahm die karierte Wolldecke, die auf dem Stuhl neben der Terrassentür lag, und versuchte, eine bequeme Schlafposition zu finden.

Eine Tür klappte leise, woraufhin Christina verschlafen die Augen öffnete. Es dauerte etwas, bis sie wach war. Unversehens fuhr ihr der Schreck in die Glieder und sie setzte sich ruckartig auf. Leo! Die Uhr zeigte sechs Uhr. Wann würde die Polizei mit ihrer Suche anfangen?

André war die Nacht nicht zu ihr gekommen. Sie blickte in den Küchenbereich und horchte, ob aus dem Badezimmer ein Geräusch kam. Aber alles war still.

Aus dem Garten drangen Geräusche ins Wohnzimmer, es waren Schritte. Da öffnete André die Terrassentür.

„Wo warst du? Ich habe dich vermisst." Sie rückte an die Wand und machte ihm Platz, sodass er sich neben sie legen konnte. Es war eng, aber sie schmiegte sich in seine Arme.

„Ich wollte dich heute Nacht nicht stören", flüsterte er ihr ins Ohr. Sie bemerkten gar nicht, dass sich die Badezimmertür öffnete und Loulou herauskam.

„Ihr könnt rein", sagte sie und verschwand im Schlafzimmer.

„Na, dann mache ich mal den Anfang." Christina krabbelte über André hinweg. Der hielt sie auf halbem Weg fest und gab ihr noch einen Kuss, bevor er sie freigab.

„Hilfst du mir Frühstück machen?", fragte er Loulou, die gerade wieder aus dem Schlafzimmer kam. Mit einem Schwung kam er vom Sofa hoch. „Es kann nicht mehr lange dauern und wir fangen mit der Suche an." André hatte den Satz noch nicht ganz zu Ende gesprochen, als es an der Tür klopfte.

Loulou öffnete und vor ihr stand Eric wie ein Häufchen Elend. Er sah aus, als hätte er tagelang kein Auge zugetan. „Können wir in einer halben Stunde los?" Er sah André hilflos an, der hinter dem Mädchen stand.

„Wir frühstücken schnell und kommen dann zu euch nach vorn."

Eric hob als Dank die Hand und war auch schon wieder weg. Nachdem Christina fertig angezogen war, wurde schnell gefrühstückt und André sprang unter die Dusche.

Danielle und Eric standen mit der Polizistin zusammen, als beide nach vorn kamen. Christina und André hörten, wie sie fragte, ob Leo einen Lieblingsplatz hätte. Irgendwo, wo er gern hinging und sich sicher fühlte. Ein Platz, mit dem er schöne Erinnerungen verband. Danielle und Eric grübelten, nannten den einen oder anderen Ort und verwarfen die Idee dann wieder. Bis Eric der Platz am Gardon einfiel, an dem er mit Leo ihr Männerwochenende verbracht hatte. Es hatte ihm so viel Spaß bereitet, die Zeit mit seinem Vater dort zu verbringen. Die Polizistin ließ sich beschreiben, wo die Stelle war. Danach ging sie zum Wagen zurück und gab den Kollegen über Funk Anweisungen.

„Möchten Sie bei mir mitfahren?" Die Beamtin hielt die Wagentür auf.

Als Leo wach wurde, musste er erst einmal überlegen, was passiert war. Ach ja, man wollte ihm Beau wegnehmen. Deswegen hatte er sich auf den Weg gemacht. Er erinnerte sich an die Maus, die gestern Abend im Dunkeln durch seinen Unterschlupf gehuscht war. Ein Schütteln überlief ihn, wenn er daran dachte. Mäuse mochte er überhaupt nicht.

Wohin sollte er bloß mit Beau gehen? Irgendwann würden ihn seine Eltern hier finden. Das Versteck lag einfach noch zu dicht an der Stadt. Er musste sich irgendetwas einfallen lassen. Zu essen und zu trinken hatte er noch, doch lange würde das nicht mehr reichen. Nach ein paar Keksen und etwas Mineralwasser machte er sich mit Beau wieder auf den Weg.

Es war früh am Morgen und glücklicherweise noch nicht so heiß. Auf dem Weg gab es keinen Schatten. Hinter ihm näherte sich ein Trecker, dessen knatterndes Geräusch nicht zu überhören war. Nur nicht umdrehen, dachte Leo, vielleicht fährt er vorbei. Falsch gedacht. Der Fahrer hielt an und steckte seinen Kopf aus dem Kabinenfenster. Sein Zigarettenstummel hing ihm im Mundwinkel, was ihm beim Sprechen aber nichts ausmachte. Mit dem Zeigefinger der rechten Hand schob er seinen Strohhut in den Nacken und schaute den Jungen aufmerksam an.

„Kann ich dich mitnehmen?"

„Nein, danke. Ich habe es nicht mehr weit", antwortete Leo und marschierte zielstrebig weiter.

Langsam fuhr auch der Bauer los und hielt genau neben ihm wieder an. „Wo möchtest du denn hin?"

„Nach Vers-Pont-du-Gard. Es ist nicht mehr weit." Gott sei Dank hatte er sich daran erinnert. Das war tatsächlich der nächste Ort kurz vor dem Pont du Gard. Er konnte den Kirchturm schon sehen.

„Was machst du denn dort so früh?" Der Mann wollte es genau wissen.

Leo wurde es langsam mulmig. „Ich gehe zu meiner

Großtante Louise. Sie hat heute Geburtstag und ich möchte sie überraschen. Meine Eltern kommen später mit dem Auto nach." Hoffentlich reichte das dem Traktorfahrer. Leo schaute ihn mit großen Augen an, bemüht sich nichts anmerken zu lassen.

Der Mann auf dem Traktor zögerte. Ihm war es nicht geheuer, dass ein Junge in dem Alter morgens um diese Uhrzeit schon unterwegs war. Hatte er denn keine Schule? Vers-Pont-du-Gard lag tatsächlich gleich hinter der nächsten Biegung. Wann mag er von zu Hause fortgegangen sein? Da stand der kleine Mann und hatte seinen Arm vertrauensvoll um diesen großen Hund gelegt. Nun gut, er wollte ihm das mal abnehmen.

„Na, da bist du ja fast da. Richte deiner Großtante Louise meine Glückwünsche aus und feiere schön."

Leo nickte. Der Mann setzte sich auf seinem Fahrersitz zurecht, trat auf das Gaspedal, der Trecker machte einen Ruck und fuhr schließlich los. Ein Aufatmen ging durch Leo. Er war erleichtert. Der Traktorfahrer hatte aber auch nicht lockergelassen.

Beau und er setzten ihren Weg fort. Leo hatte nicht vor, wie die Touristen durch den Haupteingang am Pont du Gard zu gehen, das kostete Eintritt und Geld hatte er nicht dabei. Etwas oberhalb gab es einen Campingplatz, wenn er dort noch ein Stück weiter ging, würde er auf den Platz treffen, an dem er mit seinem Vater schon gewesen war. Vorn am Kreisverkehr musste er sich rechts halten.

Eine ganze Weile war der Junge gelaufen, seine Füße taten ihm weh und es wurde immer wärmer. Er holte seine Schirmmütze aus dem Rucksack und nutzte die Gelegenheit, um noch mal etwas zu trinken. Auch Beau bekam seine Trinkration.

Vor ihm lag der Campingplatz, dessen bunten Fahnen Leo am Eingang sah. Einige Kinder kamen ihm mit dem Fahrrad entgegen. Sie schauten ihn und Beau neugierig an und fuhren schnell weiter. Ein junges Pärchen, das ihn gar nicht beachtete, kam Hand in Hand vom Campingplatz. Ein paar Touristen, die sicher annahmen, dass er mit seinen Eltern auch auf dem Campingplatz den Urlaub verbrachte. Dann sah er den Weg, der links durch die Büsche zum Gardon führte. Er war im Laufe der Zeit zugewachsen. Leo bog die Zweige zur Seite, um hindurchzukommen. Ein dünner Ast schlug ihm ins Gesicht. „Autsch!" Er hielt sich seine rechte Wange, die ein wenig brannte. Als er auf seine Finger schaute, sah er einen kleinen Tropfen Blut. Er zog ein Taschentusch aus der Hosentasche und tupfte die Wunde etwas ab. Es war halb so schlimm.

Durch das Gebüsch sah Leo das steinige Ufer des Flusses. Nur noch ein paar Schritte waren es. Endlich angekommen, schaute er links und rechts den Fluss entlang. Von der einen Seite kamen Kanufahrer. Bis jetzt war das Kanufahren noch möglich. Der Fluss war in diesem Monat nicht so trocken wie in den anderen Jahren. Sonst war niemand zu sehen.

„Komm, Beau, wir gehen ein Stück und suchen uns einen schattigen Platz."

Sie gingen am Ufer entlang, dort, wo die Steine nicht so groß und das Laufen nicht so mühsam war. Er hielt

Ausschau nach einem Ort, der nicht so schnell einzuse-
hen war, etwas Schatten bot und wo man ihn hoffentlich
nicht finden würde. Denn dass man ihn suchen würde,
war ihm klar.

Sechsundzwanzig

Vier Autos fuhren auf den Parkplatz des Pont du Gard. Normalerweise war dies nicht ungewöhnlich in der Urlaubszeit, aber wenn von den vier Autos drei Polizeiwagen waren, erwarteten die Besucher, dass etwas Außergewöhnliches passierte.

Die junge Mitarbeiterin an der Information konnte der Polizistin nicht weiterhelfen. Sie hatte keinen Jungen, auf den die Beschreibung passte, gesehen. Enttäuscht verließen Eric und Danielle mit der Beamtin das Gebäude.

Christina, André, Loulou und sechs Polizisten warteten draußen. Es dauerte nicht lange und ein junger Mann öffnete ihnen einen Nebeneingang zum Gelände des Viadukts. Sie teilten sich in Gruppen auf.

Christina, André und Loulou suchten auf der linken Seite flussaufwärts und Eric und Danielle auf der rechten Seite. Je zwei Polizisten gingen flussabwärts. Die Polizistin und zwei Kollegen befragten die Touristen, die ihnen über den Weg liefen. Sie fragten sogar die Besucher in den Restaurants, die dort eine Pause einlegten. Von hier hatten sie einen schönen Blick auf beide Flussufer. Vielleicht war Leo mit Beau vorbeigekommen. Leider hatte niemand einen kleinen Jungen mit einem Hund gesehen.

Der Vormittag war schon fortgeschritten und eine Vielzahl von Touristen war unterwegs. Auf dem Pont du Gard kamen die Menschen kaum voran. Leo und Beau würden hier gar nicht auffallen. Sie und ihre Kollegen mussten den Jungen unbedingt finden. Er konnte unmöglich noch eine Nacht draußen bleiben.

Christina und Loulou gingen am Ufer entlang. André war weiter oben zwischen den Bäumen und Büschen. Immer wieder riefen sie Leos und Beaus Namen. Beau müsste doch wenigstens einen Laut von sich geben, wenn er sie rufen hörte.

„André, siehst du etwas?" Christina schaute nach oben, wo er hinter einem Baum hervorkam.

„Nein! Bis jetzt nicht!"

„Leo! Beau!" Loulous Stimme war zwar laut, aber sie zitterte etwas. Ihr Blick wanderte suchend am Ufer rauf und runter.

„Komm, lass uns weitergehen." Vor lauter Steinen mussten sie aufpassen, wo sie hintraten, als Loulou hinter ihr leise aufschrie. Erschrocken drehte sich Christina um und sah das Mädchen am Boden sitzen und ihr Fußgelenk halten. „Was ist passiert?"

„Ich bin mit dem Fuß umgeknickt", sagte sie mit schmerzverzehrtem Gesicht. „Ich habe nur einen Moment nicht aufgepasst."

„Wie schlimm ist es? Meinst du, du kannst weitergehen?"

Loulou stand vorsichtig auf und versuchte, ihren Fuß

zu belasten. Wieder verzog sie das Gesicht. „Ja, es geht. Wir können weiter."

„Meinst du wirklich? Sonst brechen wir ab und gehen zurück. André sucht dann allein auf dieser Seite."

„Nein, nicht nötig. Es geht wirklich." Loulou trat vorsichtig auf. *So weit kommt es noch*, dachte sie, Leo war irgendwo hier draußen und sie stellte sich wegen eines schmerzenden Fußes an.

Christina folgte ihr langsam, war sich jedoch nicht sicher, ob das eine so gute Idee war, weiterzugehen.

Eric und Danielle suchten auf der anderen Seite des Flusses. Auch sie riefen immer wieder Leos und Beaus Namen. Beide versuchten, sich gegenseitig optimistisch zu stimmen und Mut zu machen, dass sie ihren Jungen bald finden würden.

„Habt ihr schon was gefunden?", rief Eric zum gegenüberliegenden Flussufer.

„Nein, nichts. Und ihr?", kam von Christina zurück.

Er schüttelte den Kopf und zuckte mit den Achseln. „Auch nichts."

„Dass wir aber auch gar keinen Hinweis finden." Eric blieb stehen und schaute suchend auf den Boden.

„So etwas wirst du bei Leo nicht erleben. Er lässt kein Papier oder Unrat in der Natur liegen. Das haben wir ihm beigebracht."

„Stimmt." Eric atmete einmal tief durch. „Komm, lass uns mal weiter rechts suchen", sagte er. „Leo wird kaum in der prallen Sonne laufen. Wenn, dann wird er den Schatten suchen."

Beide gingen durch den angrenzenden Wald oberhalb des Flusses eine ausgetretene Natursteintreppe hoch. Das Laufen war nicht so mühselig wie unten über die Steine und sie hatten einen weiten Blick über das Flussbett. Es gab hier gut gekennzeichnete Wanderwege, die ihnen aber wenig nützten. Auch für die gelben und roten Früchte des Erdbeerbaums und die rosafarbenen Zistrosen hatten sie heute keinen Blick. Gegenüber auf der anderen Seite hörten sie Christina, André und Loulou abwechselnd rufen. Ob die Polizei schonen einen Anhaltspunkt hatte? Dann hätte man sie sicher bereits benachrichtigt.

Die Pfade wurden immer verwirrender und sie mussten aufpassen. Manchmal wussten sie nicht, ob sie rechts, links oder geradeaus gehen sollten. Zum wiederholten Mal standen sie an einer Weggabelung und mussten sich entscheiden. Geradezu stand eine verwitterte Steinhütte, die wie ein Zuckerhut aussah. Es gab keine Fenster, nur rechts und links zwei Öffnungen. Ohne zu wissen, was sich hinter der morschen Tür verbarg, ging Eric darauf zu. Sie hatte keine Klinke oder Riegel und war nur angelehnt. Er fasste hinter das Holz und zog sie auf. Dabei quietschte sie in den Angeln. Das wenige Sonnenlicht, das durch die Bäume kam, fiel in einem Streifen in die Hütte. Er setzte einen Fuß vor den anderen, konnte aber nicht richtig sehen. Seine Augen gewöhnten sich erst langsam an das schummrige Licht. Gerade wollte er umkehren, da hörte er ein Geräusch. Er drehte sich um und versuchte, irgendetwas zu erkennen. Ein paar große Augen schauten Eric an. Was konnte das für ein Tier sein?

„Beau?" Er versuchte es auf gut Glück. Etwas Dunkles kam aus der Ecke und plötzlich stand der Hund mit wedelndem Schwanz vor ihm. Wo Beau war, da war auch Leo. „Leo?" Es raschelte in der Ecke und mit einem Mal stand auch sein Sohn da. Die Kleidung war verschmutzt und die Haare zerzaust. „Danielle", rief Eric. „Komm schnell! Er ist hier!"

Als sie in die Hütte stürmte, kniete Eric neben Leo und hielt ihn im Arm. Ihr Gesicht zeigte Erleichterung und sie versuchte erst gar nicht, ihre Tränen zurückzuhalten. Danielle ging in die Knie und schlang die Arme um ihre beiden Männer.

„Leo, was machst du nur für Sachen?" Sie musste schlucken, sonst hätte ihre Stimme versagt. Immer wieder fuhr sie ihm durch die Haare. Normalerweise hätte er sich dagegen gesträubt, denn das mochte er überhaupt nicht.

„Ihr wollt mir Beau wegnehmen!" Seine Stimme war laut und trotzig.

„Nein! Das hast du falsch verstanden."

„Aber ihr und der schwarze Mann, ihr habt davon gesprochen, dass Beau nicht uns gehört."

„Ja, eigentlich stimmt das auch. Früher lebte er im Zirkus und gehörte dem Zirkusmann."

Leo wollte gerade lautstark protestieren, aber Eric kam ihm zuvor. „Ich habe gesagt *gehörte,* hörst du? Beau ist jetzt schon so lange bei uns, er hat sich bei uns eingelebt, weshalb Monsieur Perrot ihn uns nicht mehr wegnehmen wird."

Mit einem zweifelnden Blick sah der Junge seine Mutter an. „Wirklich?"

Danielle nickte. Ein Strahlen ging über Leos Gesicht.

„Hast du gehört, Beau? Du kannst bei mir bleiben!" Der Hund bellte einmal kräftig.

„Ich rufe die Beamtin an. Sie muss wissen, dass wir Leo gefunden haben." Eric erhob sich und ging vor die Tür. Er nahm sein Handy und wählte die Nummer. „Madame, wir haben ihn gefunden. Er ist gesund und munter. Vielen Dank für alles." Zufrieden steckte der das Telefon wieder in die Tasche.

Danielle suchte mit ihrem Sohn in der schummrigen Hütte seine Sachen zusammen. Als sie rauskamen, standen Christina, André und Loulou am gegenüberliegenden Ufer, jubelten ihnen zu und winkten freudestrahlend.

„Kommt, wir gehen zurück. Die anderen warten auf uns an der Information." Eric nahm Danielle Leos Rucksack ab und beide fassten ihn an die Hand.

Siebenundzwanzig

Mit einem Weinglas in der Hand stand Christina an die warme Hauswand gelehnt abseits der Menschen. Alle waren zur Begrüßungsfeier von Binette Legrand gekommen. Jeden einzelnen von ihnen hatte sie in den letzten Wochen lieben und schätzen gelernt.

Nachdem Leo vor zwei Tagen endlich gefunden war und sich die Gemüter wieder etwas beruhigt hatten, hatte Loulou Christina gefragt, ob sie ihre Großmutter nicht mit einer Willkommensfeier überraschen wollten. Die Planung hatte nicht viel Zeit in Anspruch genommen, da es nur eine kleine Feier werden sollte.

Und nun waren sie mittendrin in dem Trubel im Garten des Hotels. Binette fühlte sich sichtlich wohl im Mittelpunkt. Sie strahlte über das ganze Gesicht und in ihren Augen glitzerte es wie kleine Sterne. Oder waren es Tränen? Sie war froh, endlich wieder zu Hause zu sein.

Christina schaute von einem zum anderen. Sie konnte sich nicht vorstellen, am Ende der Woche nach Frankfurt zurückzufahren und ihr altes Leben einfach so wieder aufzunehmen.

Danielle und Eric waren da, natürlich mit Leo und Beau. Beide saßen neben Binette und Loulou und Leo erzählte ihnen von seinem Abenteuer.

Der Zirkusmann Monsieur Perrot, war gekommen, vor dem Leo nun keine Angst mehr hatte. Monsieur Perrot hatte ihm bei der Begrüßung noch einmal versichert, dass Beau bei ihm bleiben konnte und ihm erzählt, dass er ihn mit seinem Hund in der Stadt gesehen und Beau sofort als seinen entlaufenen Hund erkannt hatte.

Ebenfalls unter den Gästen war Monsieur Morel von der Bank. Er hatte Christina am Morgen, bevor sie und Loulou Binette aus der Kurklinik abholen wollten, angerufen. Als er ihr mitteilte, dass der Kredit genehmigt war, hatte Loulou einen Freudentanz aufgeführt und konnte sich kaum beruhigen. Christina war so erleichtert, dass sie Herrn Morel einfach zu der Feier am Abend eingeladen hatte, und er war geschmeichelt und hatte gern angenommen.

Madame Coupe stand bei André. Christina hatte vorhin im Vorbeigehen nur ein paar Wortfetzen aufgeschnappt und da ging es um das Hotel. Bei der Begrüßung hatten sich Binette und Madame Coupe für den nächsten Tag verabredet. Die Frauen wollten alles im Detail besprechen und den Vertrag unterschreiben.

Ein kleines Mädchen kam um die Ecke gelaufen.

„Hallo, das ist aber schön, dass du auch gekommen bist, Maeli." Sie umarmte die Kleine und schaute anschließend die Frau an, die neben dem Mädchen stand. Das musste Flore sein. Genauso hatte sie sich Maelis Mutter, Andrés Ex-Frau, vorgestellt. Die Frauen begrüßten sich zögerlich mit einem Kuss auf die Wange. Beide waren unsicher, wie die andere reagieren würde.

Christina hatte Maeli bei der Feier gern dabeihaben wollen. Als André sie dann fragte, ob sie etwas dagegen hätte, wenn Flore auch kommen würde, mochte sie nicht nein sagen.

Zwischenzeitlich hatte André bemerkt, dass Maeli und Flore gekommen waren. Er nahm das Mädchen auf den Arm und schwenkte es im Kreis. Sie juchzte vor Freude.

Auf einmal stand Leo neben ihnen. „Salut, kommst du mit?", fragte er das Mädchen und schon waren sie zusammen verschwunden. Christina, André und Flore sahen beiden hinterher, wie sie mit Beau Ball spielten.

Jetzt waren sie vollzählig. Christinas Entscheidung war gefallen und kurz entschlossen nahm sie einen Löffel vom Tisch und klopfte leicht an ihr Glas. Alle Blicke richteten sich auf sie und es wurde still. André, der neben ihr stand, schaute sie verwundert an. Christina atmete einmal tief durch und dann fing sie an. „Ihr Lieben, ich möchte keine lange Rede halten, aber mir ist wichtig, ein paar Worte zu sagen." Wenn es vorher schon still war, jetzt hätte man eine Stecknadel fallen hören können. „Als ich vor knapp vier Wochen hier ankam, wollte ich Urlaub machen. Ich hatte es bitternötig. Was dann passierte, war so nicht vorgesehen. Ich habe in kurzer Zeit Menschen kennengelernt, die ich nach und nach in mein Herz geschlossen habe und die mir heute sehr viel bedeuten." Christinas Blick glitt zu André und ihre Hand suchte seine. Ihre Augen strahlten so viel Wärme aus, dass er sie am liebsten vor allen in die Arme genommen hätte. Aber er wollte sie erst zu Ende reden lassen.

„Salut!", ertönte eine Stimme aus dem Haus und Monsieur Fou stand auf einmal im Garten. Er sah lächelnd in die Runde. „Gibt es etwas zu feiern? Eigentlich wollte ich nur die Ware bringen."

„Monsieur Fou." Christina ging auf ihn zu. „Kommen Sie, trinken Sie ein Glas Wein mit uns. Wir feiern Madame Legrands Genesung."

„Da lasse ich mich nicht zweimal bitten." Er nahm sich ein Glas und setzte sich neben Binette, die ihm freudestrahlend die Hand entgegenstreckte.

Christina ging wieder zu André. „Wo war ich stehengeblieben?" Alle lachten. „Ach ja. Binette und Loulou, danke für euer Vertrauen, das ihr mir entgegengebracht habt. Wer lässt schon eine wildfremde Person ein Hotel leiten? Ich hoffe, ich konnte euch ein wenig helfen." Sie schickte eine Kusshand in ihre Richtung. „Danielle und Eric, ihr habt mich so nett aufgenommen und seid in den letzten Wochen zu wahren Freunden geworden, dafür danke ich euch." Beide prosteten Christina lachend zu. „Monsieur Morel, danke, dass Sie sich so für meine Idee und den Kredit eingesetzt haben. Sie könnten jetzt sagen, dass das Ihr Job sei, aber es hat mir viel bedeutet. Ich bin nur eine Touristin, die sich mit Banken in diesem Land nicht auskennt, und doch haben sie mich unterstützt. Danke." Monsieur winkte ab, es war ihm sichtlich peinlich, dass Christina sich bei ihm persönlich bedankte. „Monsieur Fou, sie haben es mir sehr leicht gemacht bei unserem ersten Kennenlernen. Und Madame Coupe, ich hoffe, dass Sie dem Hotel lange erhalten bleiben. Sie haben Ideen, die sich lohnen umgesetzt zu werden."

Christina hob ihr Weinglas, schaute in die Runde und prostete allen zu. „Ihr seid mit alle so ans Herz gewachsen." Zum Schluss sah sie André an. „Doch eins weiß ich ganz genau." Ihr Blick vertiefte sich in seine Augen. „Ich kann nicht weg von hier. Wie soll ich ohne dich in Frankfurt leben? Wir kennen uns noch nicht so lange, aber ich mag ohne dich nicht mehr sein." Christina merkte, wie der Druck seiner Hand fester wurde. „Ich liebe dich und ich bleibe hier. Wenn du das auch willst."

Andrés wurde bei ihrem Anblick ganz weich und sein Mund verzog sich zu einem erleichterten Grinsen. Er zog Christina zu sich heran und sah ihr dabei tief in die Augen. Er umschloss ihr Gesicht zärtlich mit beiden Händen und gab ihr einen langen Kuss. Der aufbrausende Beifall wollte gar nicht aufhören.

Maeli schlängelte sich durch die Erwachsenen hindurch und zupfte ihrem Papa an einem Hosenbein. André nahm sie auf den Arm. „Na kleine Maus, alles okay?"

„Ja", strahlte das Mädchen, „bei dir auch?"

„Ja bei mir auch."

„Du magst Christina sehr, oder?"

„Ja sehr." André schaute zu Christina hinüber, die sich mit Monsieur Morel unterhielt.

Binette erhob sich aus ihrem bequemen Sessel und bat Christina um einen Moment Aufmerksamkeit. Die anderen Gäste hatten sich mittlerweile wieder ihrem Essen und dem Wein zugewandt.

„Christina, ich möchte mich noch einmal bedanken für das, was Sie für mich, Loulou und das Hotel getan haben. Ich rechne Ihnen das hoch an, dass Sie dafür Ihren Urlaub hergegeben haben. Ich habe Sie schon mal gefragt und jetzt, wo Sie bleiben, versuche ich es noch einmal." Sie machte eine kleine Pause, bevor sie weitersprach. „Möchten Sie nicht die Leitung des Hotels übernehmen, bis Loulou dazu in der Lage ist?" Dabei schaute sie die junge Frau an und hatte das Gefühl, als ob aus Sekunden unendlich lange Minuten wurden. Würde Christina diesmal ja sagen, wo sie doch schon wie eine Tochter für sie war.

„Ich bin unendlich dankbar für Ihr Vertrauen und ja, ich nehme ihr Angebot gern an."

Ein Strahlen ging über Binetts Gesicht und man sah ihr die Erleichterung an, in der sich ein paar Tränen mischten. Sie nahm Christina in den Arm und sagte dicht an ihrem Ohr: „Ich bin unsagbar glücklich. Danke."

„Madame Legrand, darf ich Ihnen Christina kurz entführen?"

Binette gab Christina frei und nickte. Ihre Augen waren immer noch feucht und bevor sie wieder zu den anderen ging, flüsterte sie ein weiteres Mal: „Merci."

Die Stimmung wurde ausgelassener. Eric hatte Musik angemacht und er und Danielle tanzten eng umschlungen auf dem Rasen. Leo und Maeli hüpften fröhlich und tanzten auf ihre kindliche Art. Beau lag etwas abseits, den Kopf auf die Pfoten gelegt und sah zufrieden den feiernden Menschen zu.

André und Christina suchten sich einen ruhigeren Platz hinter dem großen Oleander. Sie hatten das bunte Treiben noch im Blick, aber waren abgeschirmt von den anderen.

„Bist du dir auch ganz sicher?", fragte André und hielt ihre beiden Hände.

Um ihn etwas zu necken, sagte sie mit einem unschuldigen Augenaufschlag: „Ich weiß gar nicht, was du meinst."

„Hey", protestierte André, zog sie dicht zu sich heran und beide Augenpaare versanken ineinander.

„Aber natürlich bin ich mir sicher. Es geht gar nicht anders. Ich liebe dich." Sie hatte den Satz gerade ausgesprochen und André kam gar nicht dazu, sie zu küssen, denn genau in dem Moment ging ihr Handy. Sie schaute auf das Display. „Meine Mutter. Da muss ich dran." Sie warf André eine Kusshand zu und auf dem Weg ins Haus nahm sie das Gespräch entgegen. „Hallo, Mama, wie geht es dir?"

„Danke mein Kind. Ich wollte eigentlich dich fragen, ob alles in Ordnung ist. Du hast dich nicht gemeldet."

„Ja, mir geht es gut. Sehr gut sogar." Wenn ihre Mutter sie jetzt sehen würde, wie sie strahlte.

„Ist alles in Ordnung? Du hörst dich so anders an." Frau Bauers Stimme klang besorgt.

„Es ist viel passiert in den letzten Tagen. Das werde ich dir genau erzählen. Ich komme in den nächsten Tagen zu euch." Christina wollte zurück zu der Feier und beendete das Gespräch mit ihrer Mutter so schnell wie möglich.

Sie stand in der Terrassentür und roch den betörenden Duft der Blumen und Kräuter im Garten. Das war genau der Duft, den sie bei ihrer Ankunft vor gar nicht langer Zeit so bezaubert hatte. Ihr Blick ging zu der kleinen Gesellschaft und sie wusste, ihre Entscheidung war genau richtig.

Epilog

Christina lehnte mit ihrem Kaffeebecher an der offenen Balkontür. Sie zog die Strickjacke fest um sich. Um diese Jahreszeit war es so früh am Morgen noch frisch, auch wenn es später frühlingshaft warm werden würde. Sie liebte diese Tageszeit, wenn die Stadt langsam zum Leben erwachte.

Gegenüber im Bistro wurden Getränke angeliefert, der Besitzer des *Büro de tabac* schob rasselnd das Türgitter nach oben und holte einen Stapel Tageszeitungen in seinen Laden und zwei Männer der Stadtreinigung fegten die Rinnsteine. Wie oft hatten sie und André hier schon gemeinsam mit einem Kaffee gestanden und den Tag begonnen, bevor sie beide ins Restaurant beziehungsweise ins Hotel gingen.

Zwei Arme umschlangen sie von hinten. „Bonjour, ma chérie", flüsterte André ihr ins Ohr.

„Guten Morgen." Christina betonte jede Silbe mit Nachdruck.

„Deine Sprache lerne ich nie", sagte er verzweifelt und verdrehte dabei die Augen. „Außerdem verstehe ich mich mit deinen Eltern auch so. Du weißt, wie dein Vater mein *Cassoulet* liebt und deine Mama kann ich mit meinem *Aprikosenmus mit Pistazien* um den Finger wickeln." Beide lachten.

Christina drehte sich zu André um, legte ihm die Arme um den Hals und beide küsste sich zärtlich. Mit einem bedauernden Gesichtsausdruck machte sie sich aus seiner Umarmung frei. „Ich muss ins Hotel. Wir haben einige An- und Abreisen heute."

„Noch nicht. Bitte." André zog sie mit einem flehenden Blick wieder zu sich.

Sie schlüpfte flink unter seinen Armen hindurch und lief ins Schlafzimmer, um sich anzuziehen.

Madame Coupe hatte heute Morgen das Frühstück für die Gäste übernommen und Christina wollte sie nun ablösen. Das Hotel lief gut. Es war noch nicht zu einhundert Prozent belegt, aber die Buchungszahlen sahen positiv aus. Wenn es so weiter ging, dann konnte Madame Legrand im nächsten Jahr eine Rezeptionskraft einstellen. Christina konnte sich somit um andere Dinge im Hotel kümmern und hatte dann mehr Zeit für André.

Auf dem Flur schaute sie in den Spiegel. Die trüben Augen und das abgehetzte Gesicht gehörten der Vergangenheit an und eine glückliche junge Frau sah ihr entgegen. André ließ sie nicht ohne einen langen Abschiedskuss aus der Wohnungstür.

Unten auf der Straße schaute sie noch einmal zum Balkon hoch und wartete, bis André dort wieder erschien. Sie war unfassbar glücklich und wenn ihr einer vor neun Monaten gesagt hätte, dass sie in Deutschland alles aufgeben und in Frankreich leben würde, hätte sie denjenigen für verrückt gehalten.

Danke

Mein erster Dank geht an Larissa Müller vom Lektorat Zeilenschmuck. Nach ihrem Lektorat und Korrektorat wurde die Geschichte erst richtig rund.

Stefanie Scheurich danke ich für den professionellen Buchsatz, ohne den, wie ich lernen musste, gar nichts geht.

Und last but not least danke ich Ria Raven Coverdesigne für das Buchcover, nach dem ich lange gesucht habe.

Allen anderen, die mir Mut gemacht haben, von denen ich Zuspruch bekommen habe und die mir alle Zeit der Welt gelassen haben, bei denen habe ich mich persönlich bedankt.

Zeitfracht Medien GmbH
Ferdinand-Jühlke-Straße 7
99095 Erfurt, Deutschland
produktsicherheit@kolibri360.de